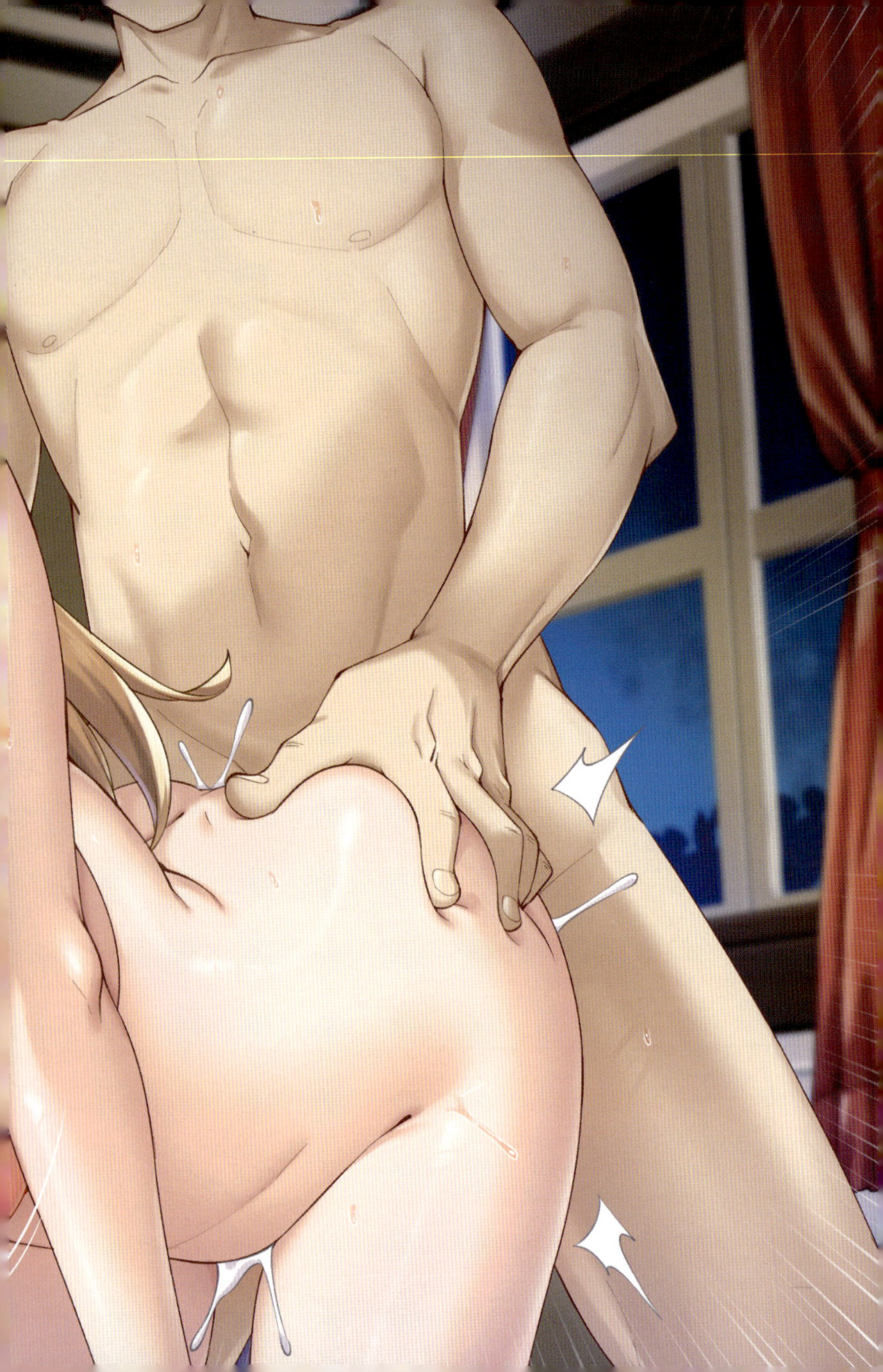

Tenseiryoshu no Meiwaku Seigi
CHARACTERS
デズモンド
自分が転生者だと気づいた貴族の青年。魔法と現代知識を駆使してド田舎で領地経営にはげみつつ妻のシャーロットを溺愛している。この世界にはエロスと性欲がないことを知っている。
え、嘘、俺の妻、エロ可愛すぎ……？
奥様を弄べば、私が許しません
キャスリン
シャーロットに長年仕えてきた専属メイド。男性中心の貴族社会に翻弄されるシャーロットに寄り添い、味方であろうとする。
デズモンド様こそが、わたくしのエッチな王子様ですの
シャーロット
名門貴族テラス家の次女で、かつては有力貴族に嫁いだが子を成せなかったので離縁される。デズモンドとは政略結婚として再婚したため態度はそっけなかったが…!?

Tenseiryoshu no Meiwaku Seigi
転生領主の迷惑性技
～エロスの概念がない世界で現代の知識を使ってみたら～
著 ルピナス・ルーナーガイスト
イラスト シロクマA
キャラクターデザイン原案 えんどう
VN
Variant Novels
TAKESHOBO

Tenseiryoshu no Meiwaku Seigi

CONTENTS

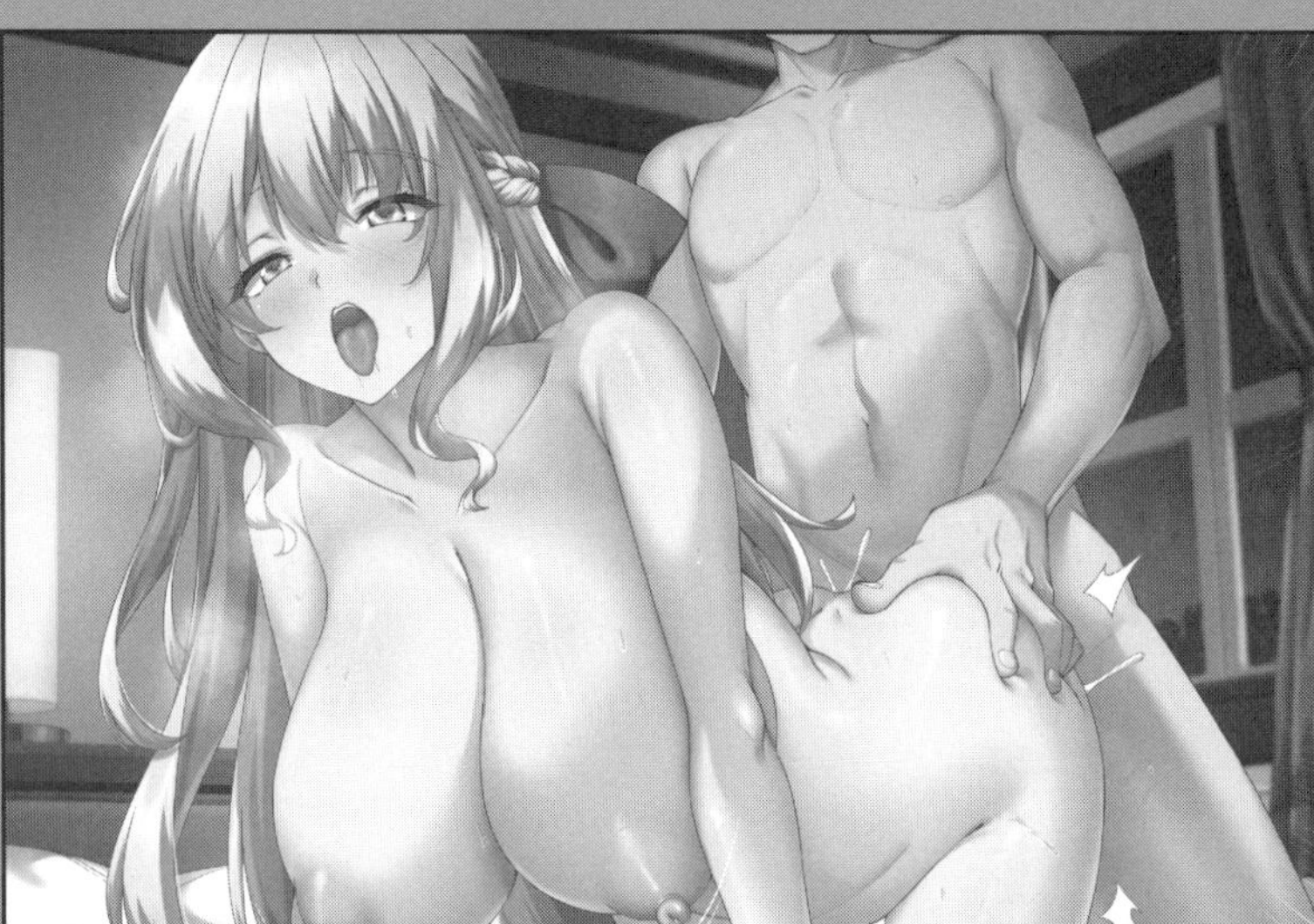

第1章　政略結婚の妻シャーロット

1

突如として、私は自らが転生者であったことを思い出した。

だから、さっそく妻のもとへと夜這いに行こうと思う――。

◇◇◇

「やあシャーロット」

我が領主館の中庭、燦々《さんさん》と陽光の降り注ぐ陽だまりに、私の妻であるシャーロットが憂悶の美を湛《たた》えて腰かけている。白木のテーブルに白磁のティーポット、ティーカップ、食べかけのスコーンを置いて、彼女は鉛のような眸《め》をして黙々と本を読んでいた。

プラチナブロンドの、まるで星屑を纏ったかのような燦然としたウェーブがかった髪。私よりも一つ年上の二十九歳であるというのに、まるで翠玉《エメラルド》を嵌め込んだかのような大きな翠眼《すいがん》は彼女を随分と幼く見せ、頬は嫋やかな指で傾けるティーカップよりも白く、花びらのような唇に、まるで紅玉《ルビー》を溶かし込んだかのような紅茶をつけている。

きっと誰もがそのティーカップになりたいと思うに違いない。或いはその紅茶に。斯《か》く言う私だってそうなのだ。彼女は一つだけ溜息を零《こぼ》して、チラリと私を見た。

まるで、

『あら、あなた、わたくしに声をかけるなんてよっぽどお暇ですのね。それではそこの庭石の方がよっぽど仕事をしていますわ』

とでも言わんばかりである。

というか言った。

――だがそれが善い。

今夜のことを考えなくっても勃《お》っきしてしまいそうになるものだ。

「今夜、君の部屋に行ってもいいか?」

「――」彼女は微かにエメラルドの瞳を広げたが、やがてつまらなさそうに、

「キャスリン」

「はい」

まるで彼女の影のようにして佇んでいた従者を一瞥すれば、メイドはおもむろに彼女の部屋の

鍵を取り出し、私に手渡しながら耳元で一言、囁《ささや》いた。

「奥様を玩べば、私が許しません」

――ぞくり。

私の背中がざわざわと粟立ってしまった。妻よりも三歳年下の美女メイドの冷たい吐息が耳元へと沁み込み、ますます愚息は勃っきしてしまうのだ。

だが、兎にも角にも私は、妻の寝室の鍵を手に入れた。

◇◇◇

うぉおおおッ！　やったー！　手に入れたー！

と俺は思わず小躍りしたくなる衝動を抑《おさ》えつけた。もしもそんなことをすれば主人は乱心したとか何とか言われて、地下牢にブチ込まれてもおかしくはないからな。

――あるんだよ、ここ、地下牢……。怖ー、貴族、怖ー。流石は領主の屋敷！

そう、何を隠そう今世の俺は二十八歳にして、文字通りの一国一城の主であって、領地を持つ領主様だ。って言っても、俺の領地で人の住んでいるところは猫の額ほどだけど。

記憶がハッキリと戻ったのは先日のことだったが、どうにも、その前からこのデズモンド・ダムウィード男爵には薄らと前世、現代日本の記憶が残っていたらしく、そいつを使って農地改革、新製品作成などにそこそこ貢献していたようだ。おかげで、貴族でも三男坊という、本来ならば日の目を見ることのない立場でありながらも、俺は領主の地位に納まっていた。

この、そこそこって云うのがミソだ。あんまりにも優秀であればもっと取り立てられることも、或いは妬まれることもあっただろう。しかしそこそこ。そのおかげで格別大きく引き立てられることもないし、叩かれるほどにも頭は出ていない。

とはいえ、俺の実家のダムウィード家からは「余計なことはしてくれるな」って気配がビンビンに漂ってきていて、一応の領地は与えられたものの、我が領地《アルドラ》はあからさまな〝僻地〟だ。

一応隣国と接した国境地帯ではあるものの、領地の一部には峻厳な山脈が横たわっていて、向こうからもこっちからも人の行き来がない。それゆえ商業的な発展の兆しさえ無い。仮に隣国と戦争になったとしても、敵兵すら来そうに無い。

そんな無い無いづくしのクソ田舎だった。

なぜこんな冷や飯待遇なのかというと、どーにも俺のやってきた農地改革とか新製品作成は、他の貴族からは〝異端〟に映るらしい。――俺の貴族らしからぬ黒髪黒目の風貌《ふうぼう》も相まって、『ダムウィードの異端児』なんてロクでもないあだ名まで付けられている始末だ。

それでも俺は貴族社会の中では、下級貴族の一部に人気もあったし（〝異端〟な農地改革にさえ縋《すが》ろうとするほど困っていたところを助けたからで、別にめっちゃ人望があるとか、そういうわけじゃない）、あまりに放置して変な貴族に目をつけられたり、或いはマジでヤバい貴族に協力するようにでもなったら、善良な小貴族であるダムウィード家としてはたまったものじゃあない、というのが実家の本音なのだろう。

と言うワケで、これ以上目立たぬように、この《アルドラ》という僻地に縛りつけるため、俺は領主に任命されたわけだ。しかも我が領地は、もともと俺の実家であるダムウィード子爵家のものですらない。ウチよりも格上のテラス伯爵家から、次女であるシャーロットを娶《めと》るという条件のもと俺に与えられた土地なのだ。

ちなみに爵位の序列は上から公爵、侯爵、伯爵、子爵、男爵。更にダムウィード家は貴族社会でも新参者。由緒正しいテラス伯爵家の次女を、僻地とはいえ領地付きで与えてもらえるとは、ダムウィード家と俺としてはむしろ平伏して悦んで然るべき……なのだが、エゲツない。

何せ彼女は、子供が産めないのだ。――まあ、この世界、魔法はあっても科学はまだまだ発達していないようだから、医学的根拠があるわけではないのだけれども。

シャーロットは前夫との結婚生活の間に子が授からず、離縁させられ出戻ったという経歴がある。そんなバツイチの彼女を俺に嫁がせるってことは、お前の子にこの領地は継がせんぞ、と言うテラス家の真っ黒い笑顔のメッセージ。

側室の子を跡継ぎにすることは出来るけれど、そんなことをしたら〝え、何お前、うちのシャーロットがまだ子供を産んでないでしょ？　もしも先に側室が産みでもしたら、うちの娘が可哀そうだと思わないの？　――テラス伯爵家の次女が〟と強烈な圧力を彼女の御実家テラス伯爵家から受けるに決まっているのだ！

俺の実家としても、俺が領主としてシャーロットと結婚するのは扱いに困る三男を処分できて、テラス伯爵家とのつながりも持てる一石二鳥の話だし、テラス家としても出戻りの困った次女を嫁に出せるなら、クソ田舎の領地くらいダムウィードの異端児にくれてやっても惜しくない、ということなんだろう。

これが両家の総意。

貴族、怖ー。

大事なことだからもう一度言おう。

貴族、怖ー。そしてうちの実家さいあくー。

まあ、貴族であり領主サマであることで、最低限の、食うには困らない税収をもらっているから（俺の農地改革も効いたしな）、俺としては今の生活に文句はないのだけれども。別に絶対に子供を残したいとか、ジャンジャンバリバリ出世したいなんてことも考えていやしない。だから問題はないのである。

何よりもシャーロットがいれば良いと俺は想っているから……。

……まあ、あんな感じで夫婦仲は氷河期なのだけど。

しかし！

前世の記憶をハッキリと思い出した俺には妙案があった！

それは！

ドゥルルルルルル、
ジャンッ！

快楽で妻を落として、仲なおりだっ！（力いっぱい）

普通に考えれば、こんなのは童貞の妄想だ。だが、俺がそう思うのにも理由があったのだ。それは、

――この世界、エロスがないのである。

つまりは性欲がないのであって、果てには性感もないのである。何を言っているのかわからないと思うが、実際問題そうなのだから仕方がない。ただし性欲はなくとも繁殖欲はあって生殖は行う。そして情愛とでも言うべきものは親子でも恋人、夫婦でも存在し、そうやって家族の繋《つな》がりは保たれる。

それなら性欲も性感もない状態でどうやって子供を作るのかと言えば、ローション使って突っ込んでビュッ！　というのがノーマルな方法らしいのだ！

なんたることか！

そして斯《か》く言うこの俺、デズモンド男爵とて、結婚して数回シャーロットにトライしてみたものの、ヤり方は同様であった。

――なんて勿体ない！

——なんて嘆かわしい！

薄っすらと前世の記憶があったクセに！

それに、シャーロットとの数少ない営みを思い返してみると、シャーロットは下半身だけを出して上半身は肌を隠していた。そして抽送をして喘いだかと言えばそれもない。

何せズボッと挿してちょっと擦ったらぴゅるっと射精《で》ちゃうのだから。

………。

——違う！　違うんだ！　俺が早漏ってわけじゃあないんだ！　違うったら違うんだッ！——

コホン、すまない、取り乱した。

しかしそれも本当なのである。

記憶を取り戻した後、ためしにそのローションを使ってオナニーをしてみたのだが、自分で加減を調節できるはずのオナニーですら、いきなりぴゅるっと射精《で》てしまった。使わないときはそんなことはなかったのに。そしてそのローション、おにんにんが小さい状態でも塗ればむくむくっと勃《お》っきさせてくれたのだ。

女性にも、きっと女性器を広がりやすくする、痛みを失くす等の効果があるに違いない。そして裏を返せば、この世界の男性はそのローションを塗らなくては勃起しないという、異世界人総非勃起状態であったのだ。

とまあこの世界の性事情はそんな様子であって、しかしハッキリと記憶を取り戻した後の俺は、性欲も性感も復活していたのであった。つまりローションを使わなくても勃起したし、シコシコすればちゃんと気持ち良かったのである。

俺のオナニー事情なんて知りたくもないだろうけど。

つまり大事なこととしては、記憶を取り戻した今の俺は性欲も性感もあるエロチート状態！　だからこそ、俺は期待するのである。性欲も性感もあるこの状態の俺が女性を抱いたなら、と。

そして性欲も性感もなかったのならば、シャーロットは完全に無知状態。

――ぐふふふふ。

え？　流石に希望的観測が過ぎる？　……まあ、それは正直否定は出来ないのだけれども。だけどあんなエロい妻がいるんだぞ？　性的無知で。そりゃあヤるだろ！　ヤらないワケがない！

……それに、俺には他に期待していることもあったのだし。

そして記憶を取り戻してから数日というもの、俺は入念に準備を重ねてきた。シミュレーションとか、シミュレーションとか！　だから数日かかったのは、数年来交渉がなく、そして日頃から冷たい扱いと冷たい眼を向けてくる妻に対して、前世では童貞であり今世ではずぶっと挿してぴゅっ以外の男女の繋《つな》がりを識《し》らない俺が臆《おく》していたからでは――決して、決してないのである。

兎に角、だから俺の気分は無知な人妻の寝室に忍び込む童貞なのである。

――嗚呼《ああ》、愉しみだ。

2

約束通り、俺は日が暮れてからシャーロットの部屋を訪れた。

だけどナニ？　この難易度。

鍵を開けるときからもうすでに心臓はバックバックだったってのに、開けた途端ふんわりと俺の躰を包み込んで襲いかかってきた芳しい美女の芳香。いくらこの世界に性欲がないからといって、この馥郁《ふくいく》たる女の薫りを嗅ごうものなら男の肉体が勝手に反応しないワケがない（反応しないこの世界の男たちが信じられない！）。俺は彼女の寝台まで、前屈みでぎこちなく進んだのであった。

そして寝台には極上の美女が、俺の子種を受けるためにネグリジェで待ち構えていてくれるのである。そんなの勃起しないわけがない！　相変わらず甘いイイ匂いがしているし、彼女の呼吸に合わせて上下するふくよかな胸の膨らみには眼を奪われた。

俺は眼を爛々と輝かせて、色々とはち切れそうになっていた。

ちなみに俺の容姿は黒髪黒目のイケメンだ。この世界の貴族はだいたい金髪青目だというのにこの容姿。今思えば転生者ならではの特性なのかも知れなかったが、〝異端〟呼ばわりされる理由の一つにもなろうというものである。だがこのイケメン具合、前世の記憶を思い出してしまってからしばらくは自分自身でありながらも鏡を見ると殴りたくなってしまっていた。ちなみに高身長。死ねば良いのに、俺。

と、そんなイケメンと美女の夜の邂逅《かいこう》であったのだけれど――、

「本当にいらっしゃったのですね」

シャーロットは億劫《おっくう》そうどころか殺意すら感じられるほどに睨み付けておられます。ヤベェよ、セックスよりも先に命の危険がヤバくてドキドキしてしまうよ。俺は平然を装いつつ、妻の目を見つめ返す。

「当然だ。妻に嘘を言うわけがないだろう？　君のような美しく魅力的な妻に……」

「わたくしを馬鹿にされているのですか？」

ギンッ！

視線って、きっと人を殺せるよね？　だが俺は負けない！

「そんなことがあるはずないだろう。私は本気で想っているのだ」

「…………」

怪訝そうではあるものの、先ほどよりも険は取れているように思われた。何せシャーロットは、性欲のないこの世界でも、絵物語のロマンスには憧れていたのであったから。簡単に言えば、王子とお姫さま的な物語だろうか。だからこそ、甘い言葉には弱いのだ。

この情報を得るために支払った対価は、ドア代と俺の寿命数年分だった。

以前、絵物語を読んでいる彼女に偶然出くわしてしまった俺は、悲鳴とともに【火球《ファイアーボール》】を投げられた。いやいや俺がノックしたら、入っていいって言ったのは君の方じゃないか！　キャスリンだと勘違いしたのも君だし、寿命が少なくとも五年は縮んだわ！

――閑話休題。

「そこにローションがありますので、さっさと塗ってさっさと終わらせてくださいませ」

と彼女は面倒臭そうに言うのである。

（意訳）わたくしは全然乗り気ではありませんが、あなたが子作りをしたいのであれば、さっさと勃起して突っ込んで膣内射精《なかだし》してくださいませ。

なんという生オナホール宣言！　だがしかし、今夜はもちろんローションなんて使ってやるつもりはないのである。期待に逸《はや》る俺の心臓、ふるえるぞチキンハート！

俺は寝台の彼女へと圧《の》し掛《か》かった。

途端、瞠目してもすぐに屹《キ》ッ、と睨みつけてきた極上の美女。無理矢理スるような趣味嗜好《しこう》はなかったし、無理矢理スるつもりはなかったけれども、これはナカナカ――悪くない。

「い、い、やはりわたくしを辱めるつもりでしたか」

――え？

やはりって、……俺、鬼畜認定されるようなことした覚えがないのだけれども？　それに辱めるつもりはない。いや？　辱めるってことにはなるのか？

「ローションは使わない」

そう告げればハッとした顔で、彼女の右手に集まり出す不穏な魔力の奔流。

――ヤベェッ！　この妻ガチで夫を殺そうとしてるッ!?　生命の危機を感じた俺は、咄嗟に彼女の唇を唇で塞いでいた。

「ふぅッ！　んむぅうううぅッ！」

暴れるシャーロット。暴れれば暴れるほどに俺もシッカリと彼女を捕まえて、固くなった股間を押しつけて唇を離さない。

――うぉおおおッ！　唇、柔らかッ！　胸も当たってるしイイ匂いだし、ヤベェ、昂奮し過ぎてこっちの方で殺されそうだぁ……。

まあ、ここで唇を離せば即刻魔力を練って燃やし尽くされるに違いなかったのだけれど。ひとまず最初の魔力は霧散したが、いまだにここはキリングフィールド展開中。私は焼死よりも腹上死を望む！　だから俺は藁にも縋るような気持ちで彼女の唇を吸い続けた。

頼むっ！　感じろっ！　感じてくれぇっ！　エロスチートよ、発動しろぉおッ！

だが、キスで押さえ込むなんて初めてだし、このあとどうすればいいのか分からねえ！

と、いうワケで、破れかぶれにシャーロットのぷるんぷるんの唇を舐めてみることにしたのであった。流石に一気に舌を突っ込めば噛み切られそうだ。焦るな、ゆっくりやるんだ――。

ペロペロ……。

「ふぅッ！」と彼女の肢体は跳ねた。ピクピクとしてくねり、しかも確実に甘くなっていく吐息。

──えっ？　もしかして滅茶苦茶効いてる？　マジかよ。実戦経験ゼロの俺のキスで、こんなに……。マジで俺、エロスチート持ち？　転生者特典？　じゃ、じゃあ……。

好奇心、性欲は抑えられやしなかった。ぺろぺろと妻のぷるんぷるんの唇を舐めてから、

「はむ、はむ……」

「ンぅっ、ふ……」

──おぉっ、力がヌけてきたぞ!?

んじゃあこのまま……、唇の隙間をコツンコツンとノックして、いける、いけるよな!?

『おじゃましまーす……』

「んふぅッ！　ンぅうッ……！」

──おぉおっ、これがシャーロットの中の味……美味しい、甘露である！

ぬるぬると歯茎を擦り歯を舐め回せば、彼女は顔を真っ赤にさせて涙目。みるみるうちに力は抜けていって、これならもっとイけるんじゃねぇのかと、恐る恐るでありながらも歯の隙間へと舌を這わせれば、彼女の方こそ恐る恐るといった体《てい》で、ソッと歯の隙間を開けてくれたではないか。

この妻、可愛すぎた！

「んぅうううッ！」舌に舌で触れた途端、彼女の肉体はビクビクビクッ！　と身悶えた。そんな反応をされれば止まれるワケがない。俺は野獣だ！　ヤリチンだ！　今解き放てビーストハ

ートッ！

獣欲に任せるがままに彼女の肉体を掻き抱くと、その舌を乱暴なほどにヌルヌルと味わった。温かい女の泥濘《ぬかるみ》に昂奮し、股間の膨らみを擦りつけるようにして押しつけ、彼女の唇をキツく吸い上げた。そして彼女を求めて躰をうねらせれば、なんと、彼女の方こそ俺の背中に腕を回して縋りついてきた！

鼻息荒く口内を蹂躙しても、シャーロットの方からも俺を求めるように、舌をうねらせてくれて——嗚呼、もうたまんねぇ……。仄暗い劣情のままに唾液を注いでやったのだ。

「ンぅ……、んく、……コク……、ちゅ……」

——おおお、吸ってくれる。いいぞ。たーんとお呑み。

「んぅ……ン……ンク……」

——うほぉおおッ！　すげぇ吸いついてくれる！　マジか、マジなんだなッ!?

もはやこれだけで愚息は暴発しちまいそう。しかし必死で我慢しつつ、口内へと彼女の舌を招いて「ちう、ちう」と吸い、おねだりをしてみた。

「ふぅ、ん……、ちぇ……」彼女は俺に唾をくれた。しかも、溜めて。

その甘すぎる官能に誘われるがまま、無我夢中で可愛らしい年上妻の媚蜜を吸いまくった。この蕩ける甘美感は、何時《いっ》までも吸っていられる！

十分くらいだったろうか、俺たちはお互い夢中になって舌を絡ませ、唾液を呑ませ合う陶酔感から唇を離した。正直まだまだヤってはいられたけれど、次に行きたい。燃え盛った情熱に、名残惜しそうにはみ出した俺たちの舌には銀の橋が架かってぷつりと堕ちた。

白磁のような頬を上気させて瞳を潤ませる妻。こんな貌《かお》、見たことない。もう、我慢できない。ング……、

しかし、俺は唾を呑んで劣情を抑え込んだ。この先に進むのに、急《せ》いて驚いた彼女に【火球《ファイアーボール》】でもぶつけられればたまったモンじゃあないのである。まずは性欲よりも生存欲。だから、決してチキンじゃないんだからッ！

「シャーロット、これはキスと言う。私がお前のために学んだ性愛術の一つだ」

「キス……、性愛術……？」

おぉお……、キョトンとした顔が可愛すぎるぅ……。しかもこれ、何も知らない娘《こ》に性知識を教えているようで……そっちでも昂奮デキる！　だが落ち着けー、俺、ひっひっふーだ、ひっひっふー。

「ああ、そうだ。性愛術。今から私がすることは物凄く奇妙に思えるかも知れない。だが、私を信じて受けて欲しい。もしかすれば、君の肉体《からだ》が反応して、子供も出来るかも知れない」

シャーロットはハッとした顔をしていた。

彼女と淫らなことをするためにこれは最低すぎると自分でも思う。だが、あながちすべてが嘘ってわけでもないとは思うのだ。こうして前世の記憶を思い出す前、デズモンド男爵は彼女に隠

して不妊治療の方法を探していた。こちらの世界では、回数ヤって産めなければ産めない女、で終わらせられてしまうのだが、そこは薄らとでも前世の知識が残っていたデズモンド男爵。流石に人工授精は出来ないから、不妊治療に効果のある薬草や魔法がないかと探しまくっていた。

——妻のために。

自分で言っていて気恥ずかしくなってしまうけれども。

そこで、

『白く輝く世界の果て、白き種は実を宿すだろう』

そんな一節を見つけ出していた。

まあ、いかにも怪しそうな魔法書？　歴史書？　だったし、当時の俺には意味が分からなかった。だけど性知識も性欲も思い出した今の俺にとっては、奇跡はあるか分からないけど魔法のあるこの世界、ワンチャンいけるのではないかと思ったワケなのだ。

まあ、それが本当に効くかどうかはわからないのだけれども。でもこの感じやすさ、あながち間違ってもないとも思うのだ。ってことで、俺は自分の妻ながら人妻に、エロいことを教えながら本気の孕ませセックスを試みようとしているワケで……。

「どうする？」

と意気込みを抑えて問う俺に、彼女は——、

3

豪奢な寝台に横たわった極上の美女の裸体。肌理《きめ》細やかな寝具に横たわる白色は、彼女の肌の方がより滑らかに思えた。性欲のないこの世界でも、毛のない動物である人間は服を着て、余裕のある者たちは華美に着飾る。だが、公然のマナーとして大っぴらに裸体を曝しこそしないものの、誰もいやらしい眼で反応しないがゆえに羞恥心を抱きはしないのだ。

しかし、黒い瞳を爛々と輝かせ、童貞っぽい視線が食い入っていれば、二十九歳でありながらも二十歳そこそことしか見えない美しくも可愛らしいシャーロット。その白磁のような頬は淡く赤らみ、若干落ち着かなげに眼は泳いでいた。

――すげぇ、俺の妻、滅茶苦茶初々しいじゃねェか……。

アラサーとは思えない女体の瑞々しさ。見事に均整のとれた肉体は、ギリシャ彫刻もかくやといったもので、むっちりといっさいの型崩れなく膨れ上がったお椀形の乳房、この大きさなのにその先っぽはぽっちりとして薄桃色で、適度な肉づきに括れた腰、安産型に膨らんだ腰回りからは、スラリとしつつもむしゃぶりつきたいほどの肉惑的なおみ足が伸びていく。

何よりも、プラチナブロンドの濃い翳り。その縦スジはピッチリと閉じていた。

――うっわぁ、すっげぇ、うっわぁ……。

夫婦でありながらも、いつもはローション塗って、挿して、どびゅっ。

それでは裸体など見たこともない。それだけに、あんまりの昂奮に言葉が出ないのだ。

「なんですか、わたくしの裸が何か？」

「いや……、綺麗すぎるだろう。こんな肉体《からだ》を今まで見たり触ったりしてこなかったことが残念でならない」

「ば、馬鹿なことは言わずにさっさとしてくださいませ」

ああ、もちろん、
ヤってヤるさ！

「……ア……」

さっそくとばかりに膨れ上がった乳房へと指を伸ばせば、あえかで可愛らしい声が転がり落ちた。出来るだけ優しく指を沈ませれば、入れた力の通りに形を変えてくれるのだ。

――や、柔らかッ！　ふわっふわなのに、むちっと膨らむ弾力がある……。――ウン、おっぱいは、凶器だ。

「ふんッ、ぅ……」

「シャーロット、感じているのか？」出来るだけねちっこく、そして優しく、淫感を内部へと沁み込ませるようにして捏ね回してやった。いつか、いつか使うのだと思って肉マン相手に練習していた手つきを、可愛らしい妻の躰で披露してやったのだ。

ふるふると、花のような身悶えで果肉が揺れていた。

「あぁ、あ……か、感じる……ぅ……？」

「気持ち良いってことだ」むにっと強めに揉んでやった。

「アゥッ！　そ、そんなのぉ、わかりませんわぁ……。ン……」

——いやぁ、見るからに感じてそうなんだけどな？

彼女の声が艶めくたびに、俺の方が感じてピクピクとしてしまう。

——だけど、わからないってことは、シャーロットはこうしたことはやっぱり初めて……。それに、性欲のない世界であるからには、自慰もしたことはない……。——ぐふふ、おじさんがいっぱい教えてあげるからねェ……。

と、実戦経験値ほぼゼロの男が申しております。しかし捏ね回すたびにピクンピクンと反応して、薄桃色の蕾が育ってくれていれば問題はないはずだ。ソッと、乳首へと指先を触れてやった。

「ひゃぁあアンッ！」

「「…………」」彼女は咄嗟に口を押さえていた。ビックリした顔が可愛すぎた。

「シャーロット」

「お、おっしゃらないでくださいませ。い、今の声は、わたくしも、何故……」

俺はイケメン貴族の容姿でも、下卑た笑みを浮かべそうになってしまう。いやいや、流石にそれは踏みとどまったよ。下手をすればこの妻、咄嗟に夫の命を狙ってくる。それじゃあ、とばかりにピンと勃った【火球《ファイアーボール》】発射拒否ボタンを、ツンツンと突ついてクリクリするのである。

「はぅッ！　んぅうッ！　これは……ック……、あなた、なんでしょうか……。ぅう……」

自分の口から洩れる声に耐えられないらしい。固く手で口を押さえてしまう。この声を聞かせてくれないとは、トンデモナイ！　ならば、

「シャーロット、手を離して、君の可愛い声を聞かせて欲しい。私だって性愛術を試すのは君がはじめてなのだ。君の宝石のような声音で、はじめて私は君を感じさせられていると知ることが出来るのだ」

胡散臭い歯の浮くような台詞。しかし、

「う、うぅう……。ンぅッ……」彼女は手を離してくれた。今にも泣きそうな羞恥の表情が、自分自身でも知らなかった嗜虐心のスイッチを押していた。

「イイ子だ……。どんな感覚かも言ってくれると助かる」ソッと彼女の髪を撫でてやれば、

「はぁあ……わ、わかりましたわぁ……」

きっと猫だったら喉を鳴らしていたに違いない。子供のように甘えて、トロンとしていた。

——素直すぎるー。しかも滅茶苦茶可愛いし……、彼女って、本当はこんな娘《こ》だったのか？　貴族にしては幼いようにも思ってしまうけれど……。

年上に向かってイイ子だって言ったのに、怒ることなくただただ顔を赤らめて声を出していてくれる。クリクリと、乳首を捏ね回しながら時折ピンッ、ピンッ、と軽く弾いてやれば、シャー

ロットはまるで弦楽器のようになってイイ音色を響かせてくれた。

「ふぅんッ、……アァ、あなたぁ……、ち、乳首が、ジンジンしますわぁ……、あぅう……、躰が、熱くってェ……」

──おぉ、正直に答えてくれた。いいぞいいぞ。

「はぁあアアンッ！　わた、わたくしぃ、感じ過ぎて、おかしくなりそうですわぁ……、アッ、アぁあああンッ！」

ぶっちゃけ俺の方がおかしくなりそうです、ハイ。

しかし、ぷっくりと膨らんだ乳首をクリクリクニクニとこねくり回しながら、彼女に圧し掛かり唇を重ねた。舌で突つけば、むしろ彼女の方から迎えに来てくれる。舌を絡めて唾液を交換し合い、首筋を舐め回して吸いつき、彼女が俺のモノだという赤い印を残してやった。そうして、

「アァ、あなたぁ……。ハゥンッ！　や、やぁ、乳首、舐めな……、あぅうッ！　吸っちゃ、駄目ですわァあんッ！」

うぉお、シャーロットの乳首ぷりっぷりだ。甘いし、ずっと吸っていられる。これは頑張って、是非母乳が出るようにしてやりたい。「ぢゅぱぢゅぱ、ペロペロ」

両方ともシッカリと吸い回してやって、軽く歯も立ててやった。

「ヤァあああンッ！」

ぶるんッ！　と巨峰を揺らして彼女はのけ反った。俺のボルテージもギンギンに昂《たかぶ》ってもはや

止まらない。彼女だって腰がモジモジと蠢いて、女の情熱が燃え上がっているよう。

――でも、やっぱり感じやすいみたいだな。これはシャーロットだからか？

悦に入るままに俺は乳を舐め回し吸い回し、白い肌にたっぷりとキスマークを刻みつけてやった。そうして降下して、臍の窪みも舐め回してから、俺はとうとう本丸へと攻め込むのだ。

「えッ！　あなた、もしかして、そこも……」

「もちろんだ、舐めるし、吸うぞ。それで声を我慢してはいけない。君がどれだけ感じているかが分からないからな」

「アァッ！　駄目、およしになってくださいッ！　そこは汚……」

「大丈夫だ、シャーロットに汚いところなんてあるワケがない。イイ薫りだ」

「い、いやぁ、おやめになってくださ……、んぅうッ、い、息がぁ……」

――すげぇ、女の子のここってこうなってるんだ……。ってかシャーロット、しっかり濡れてるじゃないか。俺がヤってやったって思うと、感慨深いものがあるな。

女の子の大事なところはピッチリと処女のように閉じていたはずだったのに、薄っすらと貝の口を開いてジワリと蜜を滲ませていた。

俺はシャーロットの悩ましい太腿をすべすべと撫で回しながら、まるで蛙のように押し広げていた。流石にここは、性的なこと以外にも排泄器官として恥ずかしいって感覚もあるようだ。

しかし、いやいや言いながらもこの娘、まったく力入ってないんだよなー。むしろ自分から開いてもいて……クンクン。

「感じている女性の香りとはこうも馥郁としているものか。私はシャーロットの香り、とても好きだぞ。まるで花畑にいるようだ」――文字通り。

ブロンドの濃いヘアに指を遊ばせてから、恥丘を揉み込んでぐぱりと広げてやった。俺の黒い目は魔力を廻《まわ》されて炯々《けいけい》と輝き、彼女の隅々まで暴こうと眺め回していく。

――ここが大陰唇で、ここが小陰唇……、あ、これが尿道口か。へぇ、ツプツプしたものがたくさん生えてて……。こんなところに突っ込んだら、気持ち良くないワケがないじゃないか。

「ふぅ」

と息を吹きかければ、シャーロットは腰をくねらせて身悶えた。

「ハゥンッ！　お、お戯れはおやめください！　い、今まで感じたことのない感覚が、お腹から、頭の方にまで奔って行きます、わぁ……」

――おぉ、そうだった、どんな風に感じるか、言うように言ってたんだった。律儀《りちぎ》だ……。でも、シャーロットって、俺のことを嫌ってると思ってたんだけど……。根が真面目なのかな？

「ハゥンッ！」

プリッと陰核を剥いてやれば、彼女は巨峰を揺らして背を反らした。

――敏感すぎないか？　性欲がないからには自分で触ったりもしてないとは思うけれど……うん、クリは小さめなんだと思う。それじゃあちょっとお味見を……。

チロチロッ、とクリトリスに舌で触れてやった。

「ァアッ！」

ビクンッ！　とイイ反応。ガクガクとのけ反った。

「大丈夫か？」

「だ、駄目ですぅ……、今、全身を雷に打たれたようでぇ……」

「そうか。ペロッ！」

「はひゃぅううンッ！」

「ぺろッ、ぺろッ……、ぺちょぺちょぺちょぺちょ……」

シャーロットはあられもない声で啼き、くねくねと腰を揺すった。俺は彼女を逃がさないように太腿をガッシリと抱え込み、ぷくっと膨らみきった花芽を舐め回し、吸い、淫裂をぺちょぺちょと舐め回して華汁を啜り上げてやった。

「くぁあアああンッ！」シャーロットは動物のような声を上げた。

「シャーロット、大丈夫か？」

「あへ、はぅう……」

彼女は爪先を広げてはひはひとしていた。

——今、絶対イったよな？　だって、ぷしゃって蜜が噴き出したのだもの。しかし初手クリトリスって、もしかして責めすぎだった？

すると彼女は息を荒ぶらせながら、

「あ、あああああ……、あなたぁ……、い、今、パチンと何かが弾けましたのぉ……」

「やっぱり、イったんだな」

「イ、イく……？」

「ああ、女性は感極まると、そうした状態になるらしい。次からは、イきそうなときにはイきそうと言って、イくときにはイくと言って欲しい」

「……………わかりましたわ」

――うっしゃ！

と思わずガッツポーズをとりそうにはなってしまったが、――自重。しかし、しばらくご無沙汰だと膣も固くなるって聞いたけれども、これならそろそろいいんじゃないだろうか……。俺はソッと顔を上げると、衣服をすべて脱ぎ払って真っ裸となった。股間には血管を漲らせた肉塔が、雄々しくそそり立つ。自分でも惚れ惚れとしてしまうほどである。

「ああ、あ……、そんなものが、わたくしの膣内《なか》に這入《はい》るのですねぇ。は、這入るのでしょうかぁ……？」

俺が惚れ惚れするのならば、挿入される彼女にすればもっとである。受け入れたことはある筈《はず》だけど、正直、ローションを塗らない方が膨張率は高いような？　調子に乗ってピコピコと振っ

てやれば、

「きゃわぁッ！」

——つらい、俺の妻が可愛くってつらい……。俺の妻がこんなに可愛いなんて、そんな幸せがあるのか……。

「それでは、ローションを……」なんて、律儀《りちぎ》に正しい手順を取ろうとするのもたまらない。

「そんなものはいらないさ」と俺は彼女にその証拠を見せつけるべく膣壺へと指を沈めてやった。

クチュリ。

「やぁあッ、あなた、何……を……フゥッ、んんぅ……」

くちゅくちゅ……。

ヌチユゥッ。

「シャーロット、音、聞こえるか？　このいやらしい音はシャーロットから出た蜜の音だ。俺に啜られていたとき、自分が何かを吐いてるってこと、わかってただろ？　見せてやる」

「んやぁあ……、そんな、そんなわけはないですわぁ……」

「気持ち良いんだな。腰がくねくねしてるぞ」

——うわぁ、すげぇ、ツプツプしてる……。キュッて俺の指にも吸いついてきて……、これだけでも射精してしまいそうだ。このまま指でもイかせてヤりたいけれども……ウン、これはまだまだ要練習だな。

俺は名残惜しく思いながらも、明らかにトロミもいやらしさも増した牝の蜜汁を掬い上げてやった。そうしてシャーロットの膣から指を引き抜いて、間近で糸を引くサマを見せつけてやるのである。

「このネバネバしてるのがシャーロットの股から溢れてきたんだ。女性は気持ち良くなるとこの液を分泌して、ローションなんてなくっても、雄を受け入れられるようになる」

二十九歳美女に性的講義をしてネバネバといやらしい液を玩ぶ。見るからにエロティックな粘液に、シャーロットはいやいやと子供のように首を振った。

サディスティックな衝動が止められない。ちゅぷ、ちゅぱ、と指についた牝液を舐め取ると、さて本番だとばかりに肉棒を手に取った。

「シャーロット、行くからな」

「は、はい……、ですが、も、もしも痛ければ……」

「えーっと、絶対に痛くないとは言えない。だけどこれくらい濡れてれば、軽い痛みくらいすぐに善くなってしまうと思う」

――俺だってローションなしははじめてだから、どんな感じになるかは正直わからないけれども……。

「それはどういう意味……」

と言いかけた彼女は、呻き声を上げることとなったのだ。

4

「はぁあああンッ！」

ぬぶぬぶと、俺自身が侵入していく。彼女は顔の横でギュッとシーツを握り締め、真っ赤な顔で腰をくねらせる。

「アッ、あぁあッ！　な、なんですのぉッ！　これはぁ……、こ、こんなの、感じたこと、ありませんわぁあッ！　あぁあッ！　わたくしのヴァギナが、デズモンドのペニスでぇッ……、お、押し広げられて、んぅううッ！」

「う……、キッ……」痛そうな様子はないけれど、まだまだ驚きの方が強いらしい。「シャーロット、力を抜くんだ。痛くないだろ?」

「うぅッ、い、痛くはないですがぁ……。こんなぁ……」

ぐぐぐ、と俺は侵入し、

「感じてる?」

「か、感じてますわぁッ、ですが、このような……ハ、あぁあああンぅッ！」

とびっきりの甘い声があがるのとともに、俺は根元まで埋まりきってシャーロットの膣奥と濃厚なキスを果たしていた。結合部からは熱い牝果汁が溢れ、ちゅぷちゅぷと向こうから吸いついてきて、ぞくぞくとした愉悦が迸ってしまう。

「全部、這入ったぞ。どんな感じだ……？」

「嗚呼、あなたぁ……デズモンドぉ……、あなたが、わたくしの裡《なか》でぇ、逞しくって、熱くってぇ……。あぁう……、感じてる、……わたくし、あなたのペニスで感じてますわァあ……」

――くぅうッ！　キュンって締まった！　固いどころか柔らかくうねうね蠢いて……、誰だよ、使わないと固くなるって言ったやつ……いや、それとも、これがこの世界の特性？　或いはシャーロットの素質……？　だけど性愛術を施すって言ったからには、すぐに出してしまったらァ……。

キュンッ！　と俺は肛門を締めて耐えていた。

「シャーロット、ペニスじゃない、おち×ぽって言うんだ。それから、ヴァギナもおま×こって！」

淫語を教えることで射精感を逸らしてやる！

「おち×ぽに、おま×こですのぉ？　奇妙な響きですわね……ンぅッ！　デズモンドのおち×ぽがぁ、わたくしの……ンッ、おま×こで大きくなりましたわぁッ！　おち×ぽおま×こに挿れられて、わたくし、感じてますわァッ！」

――しまった、相手に渡してはならない武器を渡してしまった。使いこなしてるし……でも、嗚呼……、イイ……。

「と言うかシャーロット、腰動いてるぞ？」

「ハァン、だってぇ……、こうした方が、なんだか気持ちが良いのですわぁ……」

「シャーロットは淫乱だったのか？」

「淫乱ぅ……？」

――そっか、エロスがないのなら淫乱の概念もないのか。

俺は調子に乗って、彼女に合わせてずりずりと腰を揺すってやった。可愛らしい嬌声をあげるからには痛みの心配はないらしい。これなら、存分に動ける。しかし、俺の方が耐えられるかどうか……。

――いや、射精《ファイア》しちゃったら再充填《リロード》すれば良い。

魔力を廻《まわ》せば、再勃起《リビルド》、再充填《リ・チャージ》できることは確認済みだ！

「アッ、あぁあぅッ！　デズモンドこそ、腰を動かしてェ……。はぁんッ！　あぁッ！」

ずりずりと媚粘膜同士を擦り合わせ、彼女を責めつつ俺も初生ま×この感触を確かめ堪能してしまう。

「淫乱っていうのはな、こうやってち×ぽとま×こを擦り合わせたり、エッチなことをするのが好きな娘《こ》のことだ。シャーロットの方からもくねくねと腰を揺すって、君は間違いなく淫乱だ。でも、そんな女の子は大好きだ。あぁ、気持ち良い……」

「アぅんッ！　はぁッ、デズモンドぉ……、それなら、わたくしは淫乱ですわぁ……。デズモンドのおち×ぽでおま×こを擦られて、わたくし、たまらないのですわぁッ……、アッ、ふぅうんッ！」

「おぅうッ！　シャーロットぉッ！」

──ちょっ、ヤバい……、もう出ちゃうかも知れない……。でも、ホント馬鹿だよなァ、前の夫も記憶を取り戻す前の俺も。こんな可愛くってエロい妻、毎日抱きまくる以外ないだろ。

慣れない腰つきでへこへこと腰を揺らす雄と、本能のままに腰をくねらせる牝。この快楽は麻薬のように危険だとは思うが、味わわずにはいられない！

「嗚呼、気持ち良い……、シャーロット、俺はずっとこうしていたい。君がキュンキュンと締めつけてきてくれて、物凄く嬉しい……」

「ハァンッ、わたくしもですわぁ。わたくしの中を、んぅ、デズモンドがゴリゴリ動いてェ……。ですが、すぐに射精されないのですわね」

──よっしゃ！　そうだった、ローションありだと即・射・精だから、今出しちゃっても早漏とはみなされない。でも、すぐに出すわけにはいかないだろう。

「そう言えば、俺のことを名前で……っく……シャーロットは甘えん坊だったのか？」

「うぅう……、い、言わないでくださいませぇ……、あなたの、はぁう……、性愛術の所為《せい》ですわぁ……。これには、耐えられませんのぉ……」

彼女はキスをねだっているようだった。俺が覆《おお》い被《かぶ》さって掬い上げるようにして抱きしめると、彼女の方こそ縋りつくようにして唇を合わせてきた。

「ちゅぷ、ぴちゅ……」といやらしい音が、上でも下でも沁み渡る。

腰をうねらせ汗ばむ肌を擦り合わせれば、俺たちの境界は曖昧になって溶けていく。

「可愛いぞ、シャーロット。可愛い君を私にすべて見せてくれ。私のことを名前で呼んで、甘えてくれ。私だって、甘えるから」

そう言うと、彼女はちょっと唇を尖らせた。

「ゥン……、デズモンドぉ……、あなた、まだわたくしに甘えてませんわァ……。だって、俺って言っていたくせに、今は……、アン……」

──あっ、ヤベー、素が出てた。でもお嬢様がその方がいいって言うんなら……。

「わかった。俺の愛しいシャーロット、このまま君を、離したくないッ」

「嗚呼ッ、わたくしもぉッ！　デズモンドぉッ！」

ギュッとお互い抱きしめ合えば、ギュギュっと膣肉も収縮して俺を締め上げてきた。

──ぐぅうッ！　も、駄目だッ！　このまま、出、出るッ！

「シャーロットッ！　俺を、受け止めてくれぇッ！」

ぐんっと腰を打ちつければ、俺の耐えに耐えた欲望は決壊した。

「あぁあッ！」彼女は俺の腰裏を足で締めつけ、

──くぉおッ！　だいしゅきホールド……。種付けされたがってるのが全身でわかるぅ……。

キュキュンと愛おしげに、而《しか》して苛烈に締めつけ搾り上げてくる牝肉に、俺はビクンビクンと跳ね回りながら種付け射精を行った。

――くぁあ……、子宮に、吸わ、吸われてる……。こんな射精したことねぇぞ……。気持ち、良い……。

金玉が空になるかと思えるような圧倒的射精感。そしてツンツンであった彼女にこれでもかと求められる多幸感に、びゅるびゅると濃い灼熱の子種汁が止まらない。

――これ、孕ませられそうな気がするけど、どうだろうな……。

「熱い、熱いですわァ……、しかも、こんなにもぉ……、ま、まだ出て……ハァンッ、気持ち、良いですのぉ……」

根元まで埋まった肉棒を、彼女は腰で揺すり立てて最後の一滴まで搾り上げようとしているようであった。嬉しいし気持ち良いけれど、捕食されてるみたいなのはちょっと怖い。

そのまま俺たちは、お互いの体温を感じ抱き合いながら、しばらくそのままでいるのであった。

（幕間）政略結婚の妻とその従者

彼をはじめて見たのは、わたくしの舞踏会デビューの時。

幼い頃から絵物語の王子さまに憧れていたわたくしは、想像《イメージ》にピッタリの彼を、わたくしの王子さまだと思いました。

短く刈り込んだ金の髪、青い瞳。

子供用の礼服に身を包み、端正な顔立ちで甘く微笑まれれば、わたくしのまだ小さかった胸はキュゥゥン、と音を立てて締めつけられてしまうものでした。

「テラス伯爵家次女、シャーロット・テラスと申しますの」

「スウィフト侯爵家長男、ピーター・スウィフトといいます。美しいお嬢さま、ぼくと踊っていただけませんか？」

「はい、喜んで」

わたくしは幼い頃よりテラス家の令嬢として仕込まれた礼儀作法、舞踏を披露し、粗相なく、彼と交流を持つことに成功しました。

貴族にとって女とは子供を産むための道具。それでも貴族として人の上に立つ者であるからには一流の礼儀作法、立ち居振る舞い、教養が求められます。男であれば戦場を駆け抜ける気概、武勇。

やがて、わたくしたちは典型的な貴族として、そしてその中でも模範的な存在として、まわりからも認められ、許嫁として認められました。

わたくしは有頂天となりました。権謀術数が渦巻き魑魅魍魎《ちみもうりょう》の跋扈《ばっこ》する貴族社会、周りからの妨害、画策、横やりがある中で得た栄誉なのですから、尚更です。——尤も、それを面《おもて》に出せばまたつけ入られてしまいます。それに何よりもはしたないことでしたから、当然、踊り跳ねることなどはあり得ませんでしたが。

その婚約披露宴のことでした。わたくしと彼はソッと会場を抜け出し、屋敷のバルコニーで語らいました。

空には満天の星。

まるでわたくしたちの未来を星々が祝福し、満天の喝采をくれるかのような、そんな夜でした。

彼は十四歳、わたくしは十三歳、彼が来年成人すれば、わたくしたちは結婚します。心地良い春《しゅん》風《ぷう》が夜闇《よやみ》を揺らし、わたくしたちの髪を、代わる代わるに優しく撫でては通り過ぎていきました。

「ぼくはいずれ武功を立て、諸国を打ち倒す将軍となりましょう。シャーロット、それを一番間近で見られる君は幸運な女性だ。誇りに思ってください」

「はい、それはもう」

わたくしは柔和な笑みで微笑み返しました。

素敵な春の夜、本当はここで愛を語らっていただきたかったですが、わたくしの好きな絵物語——愛を語らい女性を守る騎士、そのような男性はわたくしの憧れではありましても、所詮絵空事なのです。そのようなことを彼のような模範的な貴族がするわけがない。

愛し合う貴族の夫婦はおりますが、それに憧れは抱いても愛にかまけて貴族の本分を果たさないことは強く非難されます。そして典型的な貴族としては、むしろ、男子たる者、剣を取り、魔法を振るい、他国の領地へ攻め入り武功を立てる、或いは国境を防衛する。女性ではなく領地を、武名、財産を守って、妻は自身の血筋を繋《つな》げる道具であり（それでも優秀な子を残すための母体ではありますから、民よりは数段上の財産とはなりましょう）、民は税を納めてくれる財産。それをハッキリと示すことの方が望まれます。

ですから、自領の収益を気にすることはあれども、個々の民を気にすること、況《ま》してや戦場で武功を立てられないなど、貴族の男子としてはもっての外です。それなのに。

「そう言えば、聞きましたか？　ダムウィード家の三男の話」

「いいえ」

とわたくしは首を振ります。そのお話はチラと聞きましたが、夫となる彼の顔を立てるために、知らないフリをするのです。それが、貴族の淑女としての嗜《たしな》み。

「十二歳となった彼は初陣に臨《のぞ》み、敵と剣を交えるまでもなく、ただただ敵前逃亡したそうですよ」

「まあ」と眼を大きく見開きます。はしたなくない限りまで。

「まったく、考えられないほどに愚かしいことです。初陣と言えば、死ぬ心配のない戦場を充《あ》てられるのが常です。まあ、ぼくのような男であれば、そうとも言えないのですが」

「ええ、流石はピーターさまです」

訊けば、ダムウィード家の三男が送られた戦場とは、戦とは名ばかりの、新たに攻め滅ぼした街の掃討戦。こうした場合はゲリラが出るそうですが、それもほぼ片付けられ、後に残ったのはまばらな敵と戦場の空気。それを味わうための戦場とも呼べない戦場だそうです。

そう、お姉さまが仰っていました。

兎《と》も角《かく》、それが彼の初陣だったそうなのですが、そこでダムウィード家の三男は怯え、逃げ帰ったそうです。しかも、死体を見て怖気づいたとか。

貴族として、男として言語道断と、ピーターさまはふつふつと静かな怒りを燃やしておられました。しかもその三男は、あろうことか民の農地や外壁建設、狩猟具の向上など、下々の者に任せておけばよいことにこそ興味を持ち、それどころか、貴族にだけ許される魔法を下々の民のために使うそうです。それが三男で良かったものの、長男であれば眼も当てられません。

女だてらに剣を持ち、戦場を駆け巡るわたくしのお姉さまのように、貴族社会では白眼視されてしまいます。尤も、だからこそわたくしがピーターさまのお相手として立てたのですが……。

「それだけの醜態を見せたのですから、もう二度と戦場には出られませんが、それでは貴族として生きている意味があるのかどうか」

「そうですわね、わたくしもそう思います」

「あなたが理解ある女性で良かった」

言外に、わたくしのお姉さまが無理に自分の婚約者とならずに済んで良かった。そう思っていることが伝わらないわけもありません。わたくしはただただ上辺だけの追従を返します。

そしてそんな彼が、わたくしの好きな絵物語に理解を示すわけもありません。

――あれは家に置いて来るか、すべて処分しなくてはなりませんわね。それともキャスリンに預けておきましょうか……。

寂しくは思いつつも、わたくしは、わたくしの王子さまと認めた彼と添い遂げるため、そんなことを思っていたのでした。

◇◇◇

領主邸の中庭、朗らかな日溜りで、領主夫人は燦々たる陽光にも負けないほどの陽気さでお茶を楽しんでいた。プラチナブロンドのウェーブがかった髪がキラキラと陽光を反射し、まるで神話に謳われる女神の御髪《おぐし》のよう。豊満な肢体は白っぽい繻子《サテン》のドレスに包まれ、その姿は色気を纏う妙齢の婦人であるよりも、まるで大好きなお兄ちゃんに遊んでもらえた少女のような様子ですらあった。

　心地良い紅茶の薫りを楽しみ、可憐な唇をつけては法《ほう》、と、恍惚と夢見るような調子で吐息を洩らす。近年まれに見る――いや、彼女が前の嫁ぎ先より戻って以来、まるで見たことがなかった主の姿に、

「奥さま、昨夜は随分とお愉しみでしたね」

「ぶフぁあッ！　ななな、何を言い出すのですかキャスリンッ！」

　奥さまははしたなくもお茶を噴き出してワタワタと顔を赤くされた。キャスリンと呼ばれたメイド服の従者は――黒のクラッシックなメイド服で、白のエプロンドレスにホワイトブリム。赤みがかった髪は後ろ頭でアップにしてまとめられていた。彼女の方がシャーロットよりも三歳年下の二十六歳ではあるのだが、慇懃《いんぎん》な態度に実直な様子は、今見れば彼女の方が年上のようにも思えよう。しれっと主を揶揄したことになんら悪びれるところなく、涼やかな美貌《びぼう》はあくまでも涼やかに、細めの瞳にスッと通った鼻筋はいささかの揺るぎもない。

「何を、と言われましても――私は事実を述べたまでで。あのような、我を忘れてのくんずほぐれつ、屋敷には他の使用人もいるというのにあられもなくはしたない大声で。私が【防音】の魔法をかけなくては奥さまはこの屋敷にはいられなかったでしょう。旦那さまは詰めが甘い。それとも――可愛いシャーロットを辱め、それを肴に愛でようとしていたのかも知れませんが？　シ

ャーロットさま、私が潜んでいたこと、お忘れでしたね？」

「あ、あああああ……」

プシューッ、ボンッ、ボンッ、と、シャーロットはまるで人間蒸気機関となってしまったかのように真っ赤になって湯気を噴いた。

そう、シャーロットの幼い頃からの従者であるキャスリンは、彼女に言われ、もしもの時のためにクローゼットに潜んでいたのであった。数年来寝室を訪れなかったというのに突然、雰囲気が変わったかのようにして寝室に訪れると言った領主のデズモンド。もしもそれが自分を辱めるためであれば、シャーロットは死力を尽くして抵抗し、彼と刺し違えるほどの覚悟を抱いていた。その助力のために、キャスリンは潜んでいたのであったが――。

「一晩中、奥さまのあられもなくはしたない声をクローゼットの中で聞かされ、旦那さまの歯の浮くような睦言《むつごと》――旦那さまは奥さまのツボを善く心得ていらっしゃいました。蕩けた奥さまは旦那さまを名前で呼び、自分からもひたすらに男性器を受け入れられ――」

「あ、あぁあああああッ！　止めて、止めて止めて止めてェッ！　わ、忘れてくださいませ、キャスリン、あれはどうかしていたのですわ。あのような場でクローゼットに潜ませていたことは申し訳ありませんが、デズモンドがあのような……」

シャーロットは昨夜のことを思い出したのであろう、にへら、と顔が緩んでしまう。そのまま、えへへ、えへへ、と目元と口元が戻らない。

――まったく、堕ちましたね。チョロいものです。

と思いつつも、彼女の幼い頃からの従者であるキャスリンは、それも納得するのである。

前夫であるピーター・スウィフト侯爵から、子を孕めないということで実家に戻されてからというもの、シャーロットの消沈ぶりは凄まじかった。かねてからの憧れの相手であれば尚更であろう。そうして子を産まない道具としてデズモンド男爵に下げ渡されるとき、彼女はもう何もかもを諦めた様子ではあったのだ。貴族のプライドはせめて持ち続けても、それ以上はもはや何も望まない、と。それが――、
昨夜の痴態、そして彼のあの言動、それを思い出してシャーロットは頬が緩みっぱなしなのである。

幼い頃から共にいれば、シャーロットの甘い絵物語好きは身に沁みて分かっていた。何せ何度も、自分は王子役をやらされたのだったから。歯の浮くような台詞ならデズモンドよりも知っていた。しかし同時に、貴族社会に於《お》いてそのような男女の情愛など、文字通りの絵空事であることも。それは長じるにあたって当然シャーロットも心得ていたはず。

いくら意中の相手と結ばれようとも、貴族の中で女は子を産む道具でしかない。そして甘い言葉を吐くような男は軟弱者と見られてもおかしくはなく、閨《ねや》の裡《うち》でもそのようなことはあり得ない。

だと言うのにあの男は、デズモンド・ダムウィードは……。

――シャーロット様、おめでとうございます。あなたは良いところへと嫁がれました。しかもあの性愛術なるものは、子を産めないシャーロット様を慮《おもんぱか》ってとのこと。急にシャーロット様に子を産ませようとしだすのには引っかかるところはありますが――、

あの睦み愛に甘い睦言。王子役をやってきた自分には良く分かった。――本物だ。

自分の立場を奪われたようで靄《もや》っとする部分がないと言えば嘘にはなるが、それでも敬愛する主が幸せを掴みはじめたことは祝福できるし祝福するしかない。これで子が産まれてくれれば

……、

――いえ、流石にそれは、高望みが過ぎるというものですね。

にへへ、と人格《キャラ》が変わってしまったかのようなシャーロットに従者は、フゥ、と優しげな瞳で息を吐く。キャスリンの方が年下なのにまるで姉のようで、ただシャーロットの幸せを願っていた。だからこそ、

――旦那さま、もしもシャーロット様を泣かせるようなことがあれば、そのときは容赦致しませんので、お覚悟を。

その時、デズモンドを唐突な悪寒が襲ったのだが、それは置いておいて、

「しかし、性愛術なるものはそれほどのものなのでしょうか？　あれほどにあられもなくはしたない声で、奥さまが前後不覚となってしまうほどに」

「んぐ……」とバツの悪そうな顔になるシャーロットは、

しかし、
悪戯を思いついた子猫のように目を輝かせた。
「では、試してみましょうか？」

◇◇◇

「ちゅ、ちゅ……」

シャーロットの寝室。昨夜デズモンドと彼女が交わり合った褥《しとね》の上で、二人の美女が共に一糸まとわぬ見事な姿で向かい合っていた。シャーロットちゃん（二十九歳）はフンスと鼻の音が聞こえてきそうな様子だが、キャスリンの無表情じみた顔は何を考えているのか、感じているのか、傍目には分からない。

性欲、性感——エロスのないこの世界、強いて裸を見せ合うようなことはないが、その代わりに見せたところで抵抗はないのである。例えば、排泄器を直接見られるようなこと以外は。

昨夜デズモンドから受けたことを、シャーロットはキャスリンに試してみたくて仕方がなくなっていた。キャスリンも、自分のように前後不覚に、あられもない声で啼いてしまうのか——『お愉しみでしたね（笑）』などとは言えないようにしてみたい。しかし妙な意識に、トク、トク、と、色めく心臓の音まで聞こえてきそうなほどの静寂でもあった。

シャーロットはウェーブがかったプラチナブロンドの髪で、二十九歳とは思えない、大きなエメラルドの瞳の幼げな顔立ち。二十歳そこそこにしか見えない童顔だが、その肉体は瑞々しい肌艶でクッキリと女を浮き立たせた豊満な肉体だ。一方の向かいのキャスリンは、赤みがかった髪を後ろ頭でアップにした涼やかな美貌で、彼女の方はスレンダーな体型……。

そこでシャーロットは、試しにまずはキスをしてみたのであった。

これは転世者の悪いエッチなおじさんに、エッチな世界を垣間見せられた仲良し美少女二人が（ただし二十九歳児と二十六歳美女ではある）、あれってなんだったのかしら、私たちでしても気持ち良くなれるものなのかしら？　試してみませんか、と、無垢に、無邪気に、興味津々で試している図なのであった。

「これが、キスですか」

キャスリンがソッと唇に指を当てる所作は艶めかしく、同性でも見惚れずにはいられない。しかし、もっと頬を赤らめたり、甘い声を出したりを期待していたシャーロットは、普段とそう変わらないキャスリンの様子に拍子抜けさせられてしまった。

と言うか、

——残念ですわね。

という声が聞こえてきそうなほどだった。そして逆に、

「これをされて奥さまは旦那さまに蕩けてしまったと」

キャスリンの口撃。

奥さまにかいしんのいちげき！

「〜〜〜〜ッ！」可愛らしいシャーロット奥さまは薔薇色の頬で口をもにゅもにゅとさせ、意を決して、――ガバッ！

キャスリンへと飛びかかるようにして圧し掛かって、その、お互いに花弁のようである唇を重ねた。ぷるるんっ、と瑞々しい乳房が躍って、小振りな双丘と巨峰が押し合ってひしゃげる中、お互いの薄桃色の乳首が繊細《せんさい》なアクセントを添える。奥さまはそのまま従者の口に舌を滑り込ませると、昨夜夫にされたように、ぬるぬると舌を擦り合わせ、唾液を呑ませ、唾液を吸った。

「……ど、どうでしょうか」

従者の上で、破れかぶれになったような彼女は肩で息をし、ちょっと恨めしそうな眼で問うた。これなら効くだろう、だって、わたくしは……。

しかし、

「どう、と言われましても……、不思議な感触だ、としか……」

見上げてくるキャスリンは本当にそれだけのようだった。シャーロットは少しがっかりした様子で肩を落とし、メイドはそれに気を遣ったのか、優しく付け加えた。

「奇妙な感覚ですが――まあ、悪くないとは思います」

ぱぁ、と奥さまの童顔は花のようにほころんだ。だが、

「シャーロットさまはこのようにして旦那さまに愛されたのですね」

ボフンと花は弾け飛んだ。

「あうあう……」

とキョドる二十九歳児。「酷いですわ……」などと宣《のたま》われるが、本当に酷いのは、身を以て旦那さまとの惚気をキャスリンに伝えた奥さまの方ではあるまいか。

しかし奥さまはめげないのだ。

「それなら、これはどうですの？」

ぷみゅっ、
と、自分の豊満には比ぶべくもないキャスリンの膨らみを、かき集めるようにして揉み捏ねた。それだけではなくすりすりと乳首を擦ってもやったのだ。

「感じませんの？」――わたくしはこれだけでもう腰をくねくねとさせてしまいましたのに。

「いえ、確かにピリピリ、チリチリとしたのものは感じますが、あれだけ乱れるほどでは。シャーロットさまが感じやすいのか、それともデズモンドさまが上手いのか、或いは――」

――奥さまが旦那さまにされるから。

うぐぅッ、とシャーロット奥さまは言葉を詰まらせてしまう。

「旦那さまに甘い言葉を囁かれ、優しく、愛おしく愛撫されたから、シャーロットさまは感じられたのでは？――いえ、シャーロットさまが私を愛していないとは言いません。貴女さまが私に良くしてくれていることは、身を以て感じております。それでは手技の問題でしょうか？」デキるメイドは奥さまをこれでもかと羞《は》ずかしめてから、ちゃあんと逃げ道も用意していた。ちなみにその愛とは、あくまでも主従愛なのである。

「そ、そうですわね、デズモンドは性愛術なるものを学んだと言っておりましたし……」

「奥さまに子供を産ませるために」

「い、言わないでくださいませ、キャスリン……」

ぷしゅうぅう、と湯気が出てしまいそうに羞《は》じいる奥さま。その様子はもっと弄ってみたくなるほどに可愛らしいものではあったが、こうも全力で惚気《のろけ》られると、どのように反応すれば良いのか分からない。

「で、では、他にもわたくしがされたことがありますわ」

シャーロットはちゅ、ちゅと、キャスリンの首筋にキスを降らせて舐め、乳肌も舐めて乳首も舐めて吸ってみた。

「やはり、感じませんの?」

「そうですね、奇妙な感覚は確かにあるのですが……」

「そうですの、それではこちらは――」

と奥さまは昨夜自分が旦那さまにヤられた通りに降下して、降下して――キャスリンに膝を立てて股を広げてもらい、赤みがかった濃い恥毛を掻き分け、恥裂を広げて、

――固まった。

「…………、シャーロットさま、これは確かに恥ずかしいものがあるかも知れません」

いくら性欲、エロスがない世界とはいえ、当然羞恥はあった。排泄の穴を広げられては、性感を覚えなくとも恥ずかしい。微かに頬を赤らめたキャスリン。しかし、

「どうかされましたか、シャーロットさま？」

奥さまは従者の恥裂を広げて固まったままであった。

それもその筈《はず》。性欲がないのであれば性行為――否、生殖行為の際に自分のモノがどうなっているかなど気にもしない。ワザワザ自分で確かめて見ることなどあり得ないし、況《ま》してや人のモノを見ることなんて……。

よって、シャーロット奥さまが女性器をまざまざと見るのはこれがはじめてであった。

――わ、わたくし、昨夜、このようなものをデズモンドに見られてしまったのですかッ!?　こ、このようなぁ……。しかも、あのときデズモンドは、わたくしのこんないやらしいところに口をつけて、――ひ、ひぃあぁあああッ……！

「お舐めにならないのですか？」

「ヒゥンッ!?」

奥さまはおかしな声をお出しあそばされた。だが何も知らない従者は必殺の刃を以て女主人へと差し迫る。

「シャーロットさま……？　昨夜の旦那さまはシャーロットさまのおま×こに夢中で吸いついて

おられたのではなかったのでしょうか？　かなり執拗《しつよう》に。そして旦那さまもシャーロットさまも、どちらも恍惚の表情をなされて――イく？　と仰っていたような？」

「い、い、い……いやぁあああああッ！」

奥さまは昨夜自身がどのような卑猥なことを夫にされていたのかをまざまざと意識し、そして、それをすべてこの従者に見られていたことを心底分からされたのであった。

「どうなされましたかシャーロットさまッ!?　やはりデズモンドさまが何かされていましたかッ!?　おのれ旦那さま、そのペニス千切り取ってくれましょう！」

「だ、駄目！　そんなことをしたら駄目ですわッ！　デ、デズモンドは関係ないのですわ、そのようなことをされたら……」

――わたくしを奥まで愛していただけなく……。

「ひぃあああああッ！」奥さまは自爆した。

「やはり！　では今から鋏を――」

「駄目ですのぉおっ！」

全裸の美女二人、二十九歳児と二十六歳児は、大きなおっぱいと控えめなおっぱいをぶるんぶるんぷるんぷるん、わちゃわちゃもきもき、ベッドの上で飛び跳ねさせていたのであった。

第2章　完堕ちする奥さま

1

カチャリ、と寝室の鍵が回される。

「キャスリン……？」

「いや、私だ」

「デデッ！　デズモンドッ⁉」

「来ては拙《まず》かったか？」

「い、いいえ、その……」

シャーロットが眼を泳がせる。その様《さま》を目にしたデズモンドは、

——何この妻、ますます可愛くなってねぇ？

と、無知妻シャーロットちゃんの寝室へと踏み込んだのである。中身がどうであろうともその

容姿は、どこまでも絵になるイケメン貴族そのものだ。――〝異端〟ではあったけれど。まるで冷たさすら思わせる漆黒の髪に高い鼻、今世妻の姿をシッカと眼に焼きつけようと、魔力を廻して暗闇に炯々《けいけい》と輝く黒い瞳。

彼女は昨夜同様に、薄手のネグリジェに身を包んでいた。美しい獣《ケダモノ》に寝室へと踏み入れられたシャーロットちゃん二十九歳が、彼の目的を知らないワケがない。

――ですが、昨日の今日で、デズモンドがわたくしを求めにくるなんて……？

性欲のないこの世界、性行為とは単なる生殖行為でしかなく、そのような作業に快《かい》はなく、早急に子供を作らねばならない場合でもなければ続けて部屋を訪れたりはしないのだ。それに確か、男性の再充填《リチャージ》には数日がかかった筈《はず》。しかも自分は子供を産めない躰なのである。

その筈なのに……。

「すまない。気持ちを抑《おさ》えられないんだ。君が、魅力的すぎるのが悪い」

「そ、そんな、お待ちに――あぁッ……」

さっそくとばかりに覆《おお》い被《かぶ》さってきた夫に、シャーロットの潤んだ翠眼《すいがん》が泳ぐ。乙女の煩悶に拒否の色がなければ、彼はそのまま彼女の顎を掬い上げると、潤いのある妻の唇へと吸いついた。

「ちゅぷ、ちゅ……」

「ンぅ、ン……」

上唇を食み、下唇を食み、彼女からも返してくれるようになれば、そのまま舌をネジ入れてくちゅくちゅと擦り合わせた。シャーロットの鼻息はもうすでに甘かった。ふぅふぅと吹きかかる発情した妻の鼻息に、デズモンドは彼女を掻き抱いて躰を擦り合わせていた。

すると彼女の方からもデズモンドの背に腕を回してくれ、愛おしげにしがみつきながら唇を吸って、唾液を交換してくれた。お互いの薫りが、お互いの鼻を衝《つ》いた。

——あ、あああ……、このようなことをされればわたくし、もう、デズモンドを拒否することなどは出来ませんわ。はぁ、ン……、気持ち良いですわぁ。もっと、ぬるぬるとして、唾を、呑ませてくださいませぇ……。

「ぷぁ……」

お互いという名の愛の沼から浮上すれば、息継ぎをした夫婦の唇には銀の橋が架かっていた。

「いいな、シャーロット」

「デズモンドぉ……。ふぁっ……」

ポーッとなってしまった奥さまはそのまま首筋へと吸いつかれてしまった。ぺちゃぺちゃと這い回って吸い、赤いキスマークを残していく彼の唇は熱く、シャーロットはただただ身を委ねてしまう。

ネグリジェの大きな膨らみへと彼の指が伸びれば、ピクンと震えながら、

「アン」と可愛らしい声。

むにゅ、もみゅ、

と揉み続けられれば、

「シャーロット、乳首勃《た》ってきた」

「やぁ、言わないでくださいませデズモンドぉ……。はぅうん」

夜着を押し上げたポッチリをクリクリと押し揉んでやると、柔らかで大きな膨らみを揺らしながら彼女はモジモジと身悶えた。

「シャーロット、私は君が欲しい」

「ですが、わたくしは子供を産めない身……。昨夜の性愛術でも孕んだ様子はありませんし……」

そういやこの世界、魔力が使えれば受精卵が出来たかどうかもすぐ分かったな。ま、その言い分なら……、とデズモンドは内心ほくそ笑みながら、

「だからするのではないか。シャーロットが孕むまで、私は性愛術を使って君を抱き続ける。毎晩でも」

「――ま、毎晩……ごくり」

「嬉しそうだな。シャーロットははしたない娘だったからな」

デズモンドがニヤリと笑えば、シャーロットはまたたく間に顔を赤くする。

「ち、違いますッ！　あ、あなたがそうしたのではないですか……」

拗《す》ねたように顔を逸らされれば、デズモンドは辛抱たまらなくなってしまう。それに、淫乱と

云う言葉は通じなかったが、はしたないと云う言葉は通じるらしい。――いや、通じるよう〻にな〻っ〻たのか。彼女の反応にニヤニヤが止まらない。

「さぁ、君の素敵な躰を見せておくれ」

「あぁあ……、や、やぁん」その声は悦んでいるとしか思えない。

頬を赤らめるシャーロットのネグリジェを、デズモンドは容易《たやす》く剥いてしまった。それは慣れているのではなく、脱がせやすく、シャーロットが腰を浮かせてもくれたからであった。

――やっぱり淫乱ちゃんだなー。それで羞恥心のあるかわいこちゃんだって、もう反則すぎるだろ。

むっちりと膨れ上がったお椀形の見事な乳房、その先では、繊細な輪郭の乳輪からしてモリッと膨れ上がっていた。しなやかに括れた腰つき、スラリと伸びたおみ足。恥部には濃いめの陰毛が生い茂って、羞《は》ずかしげにモジモジと内股を擦り合わせている。

この様子であれば、もう濡れはじめているのかも知れない。ケダモノのような劣情で、デズモンドはたまらなくなってしまう。昨夜も見たはずだが、あまりの乳首の卑猥な盛り上がり具合に、昂奮を抑えきれなかった。即、吸いついてしまった。

「やぁあンッ！　デズモンド、ンぅッ、そんな、乱暴に吸っては駄目ですわァッ」

――相変わらず、甘い……！　もう、病み付きだ。

「ちゅっ、ちゅっ、ペロペロ……」

「ひゃあああンッ！」

ペロペロコロコロと舌先で勃起乳首を転がせば、艶めく声音は糖度を増して蕩けていってしまう。悲鳴じみた嬌声には男の欲望がこれでもかと煽られ、デズモンドは大きな膨らみへと顔を押しつけながら、キツく吸引してやった。

「アッ、あうぅッ……」

腰を捩《よじ》らせる彼女の眦《まなじり》は垂れ、白い頬が赤らんでいればまるで少女のよう。デズモンドは、昨日よりもシャーロット、反応イイなー、程度の認識で彼女の秘部へと指を伸ばしてしまう。

「アッ！」

とか細い悲鳴のような声を洩らしたシャーロットの脳裏には、昼間目にしたキャスリンの女性器が浮かんだ。シャーロット同様にビラは小さく、ミルキーピンクの肉襞は、デズモンドに快楽を教えられはじめている彼女をして、卑猥と思わせる代物であった。

自分のそれを、夫の指がまず濃いめの陰毛を掻き混ぜ、それから割れ目をぬるぬると擦って、くちゅくちゅと淫らな響きを伝えてくれば――、

――わ、わたくし、濡れて……、や、やぁあッ……、そんな、昼間にわたくしがしたときは、キャスリン、濡れませんでしたのに。わ、わたくしはぁ……、

「いやらしい娘だな、シャーロット」

くにゅっ、

と、勃起した花芯《クリトリス》を押されてしまった。

「ひゃぁああンッ！　……やぁ、駄目ですわァデズモンドぉ……」シャーロットの腰はくねくねと身悶えていた。「わ、わたくしは、ンぅう……、いやらしい娘では、……はぁあンッ！」

「何を言っているんだ。こんなにもぷっくりとクリを膨らませて、いやらしいお汁をたらたら零《こぼ》して――いやらしい」

「や、やぁあああ……」

彼に耳元で囁かれれば、両手で顔を覆っていやいやと顔を振ってしまう。それでも彼の指を跳ね除けないで、むしろもっと甘えたように腰を蠢《うごめ》かしてしまう。乳首など、もはや勃起しきって小さなさくらんぼが乗っかっているほどであった。

――わたくしはぁ、いやらしい娘だったのでしょうかぁ……。

弄ばれるような愛撫に、彼女はウットリと陶酔していってしまう。

いやらしい声を零し、いやらしい男の手と口に嬲《なぶ》られていれば、

「ヒィッ！」

「もうトロトロじゃないか。――いやらしい」

ぬぷり、と彼の指が沈み込んできた。くちゅくちゅと動かされれば、ビリッ、ビリッと脳天にまで突き抜けるような淫感を覚えて、口を魚のようにパクパクとさせてしまう。彼の指は止まらず、くにゅりくにゅりと彼女を丸裸にするようにして膣襞を捏ねくり回す。

「ふぅッ、いぃんッ……、や、やぁあ、駄目、駄目なのですわぁ……」

シャーロットは快楽に身悶えるたび、文字通り自身の膣が彼の指を愛おしげに咥え込んでいることを意識させられた。キュゥン、とハートマークすら飛びそうな様子で彼の指を締めつけ、チュプチュプと恥ずかしい汁を吐いてしまう。

恥ずかしい。恥ずかし過ぎる。

しかし、もっとして欲しいことも事実ではあった。

——駄目ですのぉ、こんなの、おかしくなりますわぁ……。

羞恥も、すでに快楽への絶好のスパイスと化していた。昼間に眼にしたキャスリンの女性器、きっと自分のモノもあんな風に卑猥に違いない。それを今、彼の指が嬲り、沈み込み、自分ははしたない声で啼いてしまっている。

恥ずかしい。それでも、これを、もっと、もっと、シて、欲しい……。

「アッ、あぁああああンッ！」シャーロットの豊満な肉体がのけ反り、夫の指を咥え込んだ恥ずかしい場所から恥ずかしい液が噴き出した。

ぷしゃあッ！　ぷしゅッ！

あまりの羞恥に煽られた、背徳的な快感がシャーロットの童顔を恍惚とさせてしまっていた。

「たくさん出たな、シャーロット。イイ娘だ」

——すげぇ、まだ一回しかまともな経験のない俺が指でここまでイかせられるって……。やっぱシャーロット、感じやすいんだな。滅茶苦茶自信になる……。

トロンとした妻の上でホクホクとしてしまうデズモンドではあったが、忘れてはならないとばかりにシャーロットの額にキスをした。そうして耳元に口を寄せて囁きだす。

「やっぱり、シャーロットはいやらしい娘じゃないか」

「いやぁ、違いますぅ……、デズモンド、馬鹿なことを言わないでくださいませぇ……」

いやいやとばかりに首を振る二十九歳児。しかしデズモンドは畳みかける。

嗜虐心が溢れ出しているのももちろんだが、この妻、ここまで蕩けてはいても咄嗟に夫を殺しかねない。

――俺は【火球《ファイアーボール》】の件を忘れてはいないからな。

と、チキンハートの持ち主は思っていた。彼女の頭からはそんなこと、スッポリとヌけ落ちているのに。あのガチで殺されかけた経験《トラウマ》は、彼の魂にまで刻まれていたのであった。

だから、練習していた殺し文句で先に殺してやるのである。

「いいや、言う。だって、俺はいやらしいシャーロットの方が好きだから。俺だけに魅せてくれるシャーロットの恥ずかしい姿に、俺は昂奮しまくりだ」

――練習、したらしい。

いいいいいいいいいいいいいい

彼女の手を取って触れさせるのを。

「わかるか？　俺がどれだけ今のシャーロットに昂奮させられているのかを」

彼女の嫋やかな指先で、ズボンの上から固くなった肉棒を触らせた。

「わ、わぁあ……」

恥ずかしがりながらも彼女はすりすりとその固さを撫で回し、眼を輝かせていた。

──ウン、やっぱり淫乱だ。

しかし、

「くぅっ」とあまりの快美感にデズモンドの方も呻いてしまった。

「えっ、だ、大丈夫ですの……？」

「大丈夫だ。気持ち良すぎたんだ」

するとシャーロットはよけいにすりすりと股間を擦りだしてきた。

「うぉ……、シャーロット……？　う……」とデズモンドは顎を上げてしまう。

「本当に、気持ち良いみたいですわね……」

シャーロットは彼の反応を見ながらさらに擦り続け、その口元には微かな笑みまで浮いていた。

──キャスリンはわたくしにされても気持ち良くなどなさそうでしたのに、デズモンドは、わたくしで気持ち良くなってくださっている……。もしかして、わたくしがデズモンドを、あ、愛しているなどということがありましたり……。

「ううう、」

と本当に気持ち良さそうな男の股間を撫でさすりながら、シャーロットは彼のことを想った。

――最初はこんな男、好きでも嫌いでもなかった。

自身の生家テラス伯爵家よりも下のダムウィード子爵家の三男。なまじ優秀であったおかげで、そして貴族の大人の事情から領地を与えられて男爵の位に封じられたが、本来ならば自分の胎《はら》に種付け出来るような身分ではなかった。

それに黒髪黒目。金髪碧眼が常であるこの国の貴族に於いては〝異端〟の色彩だ。――むろん、別の国の血が入ったり魔法的な事情で髪色が変化することもないワケでもないのだが、彼にそれは当て嵌まらない。突如として顕《あら》われた突然変異。家から放逐されるようなことはなかったようだが――いや、今の状況は放逐と言えるだろう――、それもあって疎まれながら過ごしてきたとは聞いていた。尚更自分の胎に種付け出来るような男ではなかったのだ。

しかし、子供が産めなかった所為《せい》で家に戻され、子供を産めない道具としてこの男に与えられた自分には発言権はなかった。許されていたのは、もしも辱められれば刺し違えてでも殺してやろうと決意したことくらい。

ただ、この男は生殖行為こそ数度はしたものの、辱めることも、それ以上抱くこともしなかった。だが、辱めたり蔑ろにすることはなかったから嫌うことこそなけれ、しかし抱かれなければ抱かれなかったで、自分のことを諦めているようで好感は持てなかったのだ。

それなのに、彼は性愛術なるものを自分のために学んでくれて――。

――嗚呼、駄目、どうしてですの？

シャーロットの瞳は恋色に滲んで揺れていた。わたくしの躰はあなたを求めてしまっております。それに、心も……。甘い言葉なんて、反則ですわ。あなたさまの仰った言葉は、わたくしがずっとずっと求めていて止まなかったお言葉、それに――、

――狡いですわ。

と、彼女は自分に股間を撫で回されて顎を上げて情けなく呻く男の顔を見詰めた。

――そのように、お可愛い貌《かお》をなされて……。わたくしを可愛がるクセに、あなたさまの方こそ可愛らしいではないですか。うふふっ。

そうして、彼女は認めた。恍惚と、蕩けて媚びたような笑みで。而《しか》してそれはとてもとても幸せそうなものであると同時に、酷く淫靡なものにも見えた。

――そう、ですわね、わたくしはもう、あなたさまの虜となってしまっているのですわ。あなたさまがわたくしを愛してくださると言うのでしたら、わたくしも、あなたさまを愛しましょう、デズモンド、さまぁ……。

2

「くぅうッ！　ちょっ、ちょっと待ってくれシャーロット」

と、彼の切羽詰まった声にシャーロットは現実に引き戻された。彼の固くなったモノを扱《しご》き、

そして物思いに沈みつつ、扱き続けてしまっていた。

「あッ、申し訳ありません」慌てて手を離した。

「デズモンドさま。痛かったのですか？」

心配そうに上目遣いで見上げれば、彼はそれはそれで「うっ」と呻いていた。尚も見詰め続ければ言い難そうに、

「いや、痛くはない……。ただ、気持ち良すぎて……」

「気持ち良すぎて？」

無垢に気遣うエメラルドの瞳。デズモンドにイケナイ気持ちがムクムクと湧く——が、それ以上に、二十九歳児のその瞳が純粋無垢すぎた。

「その……」

——嬉しいシチュエーションの筈なのに、すげぇイケナイことしてる感じで後ろめたいッ！

二十九歳であれば、本当は知っててもおかしくないのに……。この世界の性教育はどうなってるんだ！　国王を出せッ！

そうは言っても簡単にお目通りできるワケがない。もちろん、お目にかかるつもりはさらさらないのだけれども。このまま地方領主でいつまでも静かに生きていきたい。

——閑話休題。

いくら性行為がなく生殖行為だけであろうとも、どうすれば子供が産まれるかは知っていて然

るべきだろう。しかし、シャーロットは何度も膣内射精を受けているというのに、本当に知らないよう。いや、一応行為自体は知ってはいるのだ。

だが、擦られて射精するというプロセスを知らないのである。何故なら、性感も性欲もない、エロスのないこの世界。自慰なんてものはなく、膣内射精もローション塗って挿してぴゅっ。だから、擦られて気持ち良くされて射精《びゅっ》だなんて、考えが及ぶはずもない――。

――それじゃあ、本当に教えなくちゃいけないじゃないか……。無知シチュやったーとか思ってたけど、まだ俺のレベルじゃあこの背徳感は愉しむどころか押し潰されそうだ……うぅ……。

「その……？」と無知で無垢なエメラルドの瞳に促された。

「ああ……」

――ゴクン、とデズモンドは唾を呑み込んだ。ええい、ままよと、

「その……、シャーロットに擦られて、気持ち良すぎて、射精《で》てしまいそうになったんだ」

――くぁあ、恥ずかしい、恥ずかしさで死ぬる。……でも、ぶっちゃけ結構気持ち良かったりもして……。

「出るとは……、いつもわたくしのお腹の中に出しているものですか？」

「――」

間違ってはいない。間違ってはいないものの、そうか、射精するときは膣内射精《なかだし》オンリーでブツは見なかったのか。と、あまりにも遊びのない生殖行為に思わずデズモンドは呆然としてしま

う。しかし、それは裏を返せばこの二十九歳児に自分好みの性技を教え込めるということで……、
──ぐふふ
と下卑た笑みを浮かべそうになったが──回り込まれた。
《シャーロットの先制攻撃》
「見せていいいいいいいいただきたいです」
「────」
《シャーロットの連続攻撃》
「デズモンドさまが気持ち良くなって出してしまうところ……見せていただきたいのです。駄目、でしょうか……」プラチナブロンドヘア翠眼童顔二十九歳児のおねだり上目遣い。
「────」
《デズモンドに会心の一撃、残念、デズモンドは死んでしまった……》
「どうかされましたか、デズモンドさま」
「──ハッ！　い、いいや、なんでもない」あまりの破壊力に再び転生するところであった。
──これが天然の怖さか……。無知と天然、混ぜるな危険……。
「──その、駄目なのでしょうか……」
──けっこう食い下がってくるな。流石は淫乱……、無知×《かける》天然×《かける》淫乱＝《イコール》破壊力！　まさかとは思うけれどどこの世界、そんな猛者たちがシャーロット以外にも闊歩《かっぽ》してるんじゃ……？

新たな方程式を見出し遠い眼をしそうにはなってしまったものの、デズモンドは必死で脳をフル回転させた。

――見せてやりたいのはヤマヤマなんだけど……、下手にどぴゅってブッかけでもして、【火球《ファイアーボール》】喰らわされたりとかしないだろうな……。

デズモンドのチキンハートな認識はやはり残念であったし、シャーロットに向かってブッかける以外の選択肢が浮かばないのも残念だった。一応、【清浄《クリーン》】で掃除することも出来た筈だが、それは思い浮かばなかった、というより、欲望に押し込められていた。

「いいぞ。でも、今度いっしょにお風呂に入ったらだ」

とデズモンドは咄嗟《とっさ》に条件をつけていた。

「お風呂、ですの……？」

シャーロットは怪訝そうな表情を浮かべていた。デズモンドは、転生者の悪いエッチなおじさん（中身）は、力強く頷いていた。

「ああ、そうだ。駄目か？」

「そ、それは……」――デズモンドさまは何を考えておられるのでしょうか……。

「それは性愛術に関係があるのでしょうか？」

「ああ、とても関係がある」

――間違いなく。

するとシャーロットはしばし逡巡して頷いた。

「わかり、ました」

――いやっほぉうッ！

飛び上がって悦びそうになるのを、デズモンドはかろうじて抑えたのであった。

◇◇◇

シャーロットとお風呂プレイをする約束をとりつけた俺は、

――え？　そんな約束はしていないって？　いいんだよ、どうせそうなるんだから。それよりも、まずは今のエッチだセックスだ！

次はシャーロットのプラチナブロンド毛むくじゃらま×こを舐めようとしたが、

「きょ、今日もお舐めになるのですかっ……」

どうしてだか、妻は昨夜よりとてもとても恥ずかしがっているようだった。

――なんでかわからないけど、それで昨日よりも感じてくれているのなら万々歳だ。それでヤらせてくれることが減ったら残念だけど……、
クンニは、是非ヤらせていただきたい！

俺がここまでハマるとは自分でも思ってはいなかったのだけれども、シャーロットのま×こは

ぶっちゃけクセになる味だし、反応も最高だった。ここはごり押ししてでも……。

「ああ、舐めたい。シャーロットも、気持ち良がっていたではないか？」

彼女のエメラルドの瞳を見て、我が黒き眼をキラキラと星空のように曇りなくすると、真《ま》っ直《す》ぐに見詰めてやったのだ。

「そ、それはそうですがぁ……うぅう……」シャーロットの顔は真っ赤になっていた。その様子は童顔も相まって、二十九歳とはまったく思えない。

――俺の妻が可愛すぎて辛い。

「どうかしたのか？　シャーロットのおま×こ、舐めさせてはくれないのか？」

「う、うぅう……わ、わかりました……、ですが……」

と彼女が逡巡しつつも許してくれた体位は――、

「――――」

あまりの光景に俺は呆然としてしまった。シャーロットが取ってくれた体位とは、四つん這いであった。この場合は、上半身は臥《ふ》せって形良く豊満な白尻をツィンと上げた、交尾を待つ猫のポーズ。

――このままブチ込んでしまいたくなる。

だがそれではイケナイのである。紳士な俺は、まずは自分のホワイトソースで汚れていない生ま×こを、お口で味わうのである。まあ、単に自分のものを舐めたくないってのもあるけれど。

しかし、シャーロットはどうしてこんな……。ん……？

と、よくよく見れば彼女はか細く震えているようだった。

「シャーロット、怖いのか？　昨日シただろ？」

「い、いいえ……、怖くはありません……」

「それならなんで……」とは言ったものの、その答えはさっきからわかっていたことだったと気がついた。

「恥ずかしいのか？」

ピクンッ！

と、尻が跳ねた。あんまりにも可愛らしいのでよしよしと撫で回してやった。

「あ、ああぁ……」

くねくねと腰がくねるのがたまらない。優しく、そしていやらしく撫でつつ、もう一度確かめる。

「恥ずかしいんだな？」

「は、はい……」

「どうして？　昨日はここまで恥ずかしがってはいなかったじゃないか」

排泄器を見られる恥ずかしさがあっても、ここまでは……、と思えばピィンときた。

「エッチなことをされるから？」

「あ、あぁあ……」

正解らしい。良かった。シャーロットが後ろを向いてくれていて。きっと見せられない顔をしてしまっていたと思うのだ。

「へぇ、たとえばこんなこととか？」

もしゃもしゃと濃いめなプラチナブロンドアンダーヘアを掻き廻してやった。ついでに引っ張ったり。

——おお、ビラビラがヒクヒクして、お汁《つゆ》が垂れたぞ。いいぞ、俺がシャーロットを開発していってるみたいで、滅茶苦茶昂奮する。

「ちゅっ」——嗚呼、やっぱりイイ匂いで美味しい……。

「あぁんッ！　デズモンドさまぁ、や、やぁあ……っ」

「やぁあ、って言っても、シャーロットのここは物凄いヒクヒクして、もっとシて欲しいって言ってるぞ？　ヒクヒクしすぎて、まるで喋ってるみたいだ」

「いやぁああぁッ！」

——うぉッ！　と、ビックリしたぁ……、誰かに聞かれてたら有無を言わさず通報されるレベルの悲鳴だぞ。特にあのキャスリンとかいうメイドに見つかったら、磨《す》り潰《つぶ》されていたところだ。

こう——、クチャっ、と。

ぶるりと一つ身震いをして、俺はそっと尻を撫でて宥《なだ》めてやることにした。

すりすり。

――ウン、すべすべとしてもっちりとしてカタチも良くって非の打ちどころのない良いお尻だ。

「どうしたんだ、シャーロット。昨日よりも恥ずかしがっているようだが、もしも本気で嫌ならば止めておくぞ？」

「う、うぅう……」

そう言うと彼女は唸りを漏らしたが、これはマジでま×こが唸っているみたいだ。ミルキーピンクの綺麗なお肉がヒクヒクとして、俺の方もま×こに話しかけているみたい。

――いや、そうしてみよう。

「俺にま×こを舐められるのは嫌か？」とま×こに喋りかけてみた。

「嫌ではありません。な、舐めて欲しいです……」

「ぺろっ」

「ヒィンッ！」

ああ、しまった。本当にま×こが舐めて欲しいと語りかけてきたようだったから、思わず舐めてしまった。自重自重。

「すまない、思わず。愛おし過ぎて」

「ふぁッ、はぁんッ、んぅう……」

――うぉお、ビラビラがヒクヒクってして、お蜜のお代わりだ……。啜りてぇ……。でも、まだ、我慢……。だけどシャーロットって、本当にこういう言葉に弱いよな。可愛らしくって俺は好きだけど。

しかし、舐めて欲しいって、さり気《げ》に言われたい言葉の一つが叶ってしまった。

「な、舐めてはいただきたいのですが……、は、恥ずかし過ぎて……」

「どうしてだ？　何かあったのか？」

ヒクつく淫裂をマジマジと見詰めてやった。ヒクつくたび、コプコプと新しい愛蜜が粘り気も白みも増して溢れてくる。

――勿体ない。

しかしそれ以上は我慢し、ためらいつつもま×こがヒクヒクと語ってくれたことによれば、昼間、俺にされたことが本当に気持ち良かったのかと訊《き》いてきたキャスリンに、シャーロットは実技で教えてやろうとしたらしい。

何その百合百合、滅茶苦茶見たかった。だけど、それって――、

案の定、昨夜の俺たちの痴態をメイドはクローゼットに隠れて見ていたんだそうだ。怖いよその仕様。歯の浮くような台詞を連発していたことが、すべて筒抜けであったことはいただけなかったし、下手したらキャスリンの手にかけられていた状況に、俺は心胆を寒からしめられた。

やはりベッドはキリングフィールドであったようだ。

ひとまずは、恥ずかしさよりも戦場から生還できたことを悦んでおくとしよう。

結論としては、シャーロットはそこでキャスリンの女性器を見てしまい、そのあまりの淫らさに、自分も同じ形をしているであろうことに気がつき、そして、それを知らずに俺に弄り回され覗かれ、更には舐め回されたことに改めて羞恥を抱いたということだ。

「で、ですから、舐めたり弄ったりしても構いませんが、見られているということを意識させないでくだされば……」

だから顔も舐めているところも見えないこのポーズなのか。何それ、ごちそうさまです。だって、この方が、よけいい敏感に俺を感じられるだろうから。

「ちゅっ」と、俺は零れていた牝蜜を吸い込んでしまった。

「ひゃああンッ！」

「ぢゅッ、ちゅっ、べろべろべろ……」

「や、やぁあああンッ！　デズモンドさまぁ……、駄目、駄目ですわァッ……、気持ち、気持ちが良すぎてェえッ！　おま×こ、気持ち良いのですわぁあッ、はんんンッ！」

お利口だ。昨日教えたことをちゃあんと学んでいてくれた。

だけど、

——そんなことを言われたら止まれるワケがないじゃないかぁッ！

「じゅッ、ぢゅるッ！　べちゃべちゃべちゃべちゃ、ぢゅるるるるるぅ……」

「アッ！　ひぃアッ!!　や、やらぁああッ！　デズモンドさまの唇が吸いついてェッ！　舌が、おま×この中でうねうねしてますのぉッ！　キモチイイですのぉオっ！　はぁあああア〜〜〜〜ッ！」

俺はくねくねと尻を振って身悶えるシャーロットに唇を押しつけ続け、もはや滾る劣情のままにおま×こ汁を味わわせていただいた。口の中が甘酸っぱい蜜汁でコーティングされたようになってしまい、口の周りだって卑猥にべたべただ。それでも、啜っても啜ってもシャーロットのいやらしい汁は溢れ止まず、俺は股間をフル勃起で猛り続けた。

——ってか、今更だけどシャーロット、俺のことをさま付けで呼んでるッ!?？　えっ、何？　もしかしてこの娘、昨日の今日で堕ちたの？　俺、ほぼ初戦でこの人妻堕としちゃったのッ!?

………………。

うぉおおおッ！　昂奮するゥうッ！

「ハァッ！　ぁああああ〜〜〜ッ！」

俺は時折陰唇の上でヒクつく窄まりにも舌を這わせ、匂いも嗅ぎながら猛りまくった。お尻の穴だって、シャーロットのものであれば嫌悪感を抱くどころか欲しいと思ってしまっていた。だが、それは追々《おいおい》の愉しみとして取っておこう。それに、おま×こ以外の淫語だって教え込まないとな。

——愉しみすぎるぜ、ぐふふ。

そうして、ようやく衝動が収まってくれたころには、

「ハァ、あぁん……、デズモンドしゃまぁ……」

尻を掲げたままの二十九歳の美女が、はひはひとしていた。だがこれなら、

「シャーロット、今はどうだ？　恥ずかしい？　それとも、気持ち良い？」

「気持ち良いでしゅわぁ……」

よしよしと俺はほくそ笑んだ。

「シャーロット、恥ずかしいよりも、気持ち良いを求められるようになろうな」

「は、はひぃ……」

3

「あぁッ、アンッ、はぁあああああンッ！」
四つん這いのシャーロットをクンニでたっぷりとイかせてから、俺は後ろから挿入して腰を振り始めた。先ほどよりはもう少し尻を高くしていただいて、
ぬぷぅっ
と挿入し、そのまま豊満な尻肉を容赦なく揉み捏ねながら、力の限りに抽送を繰り返す。
――うん、正直まだまだ俺の腰の入れ方は未熟だと思う。だが、これから何度でも何度だって、シャーロットとヤって上達していくのである。

むちむちとした尻肉を揉み捏ね、パンパンと腰を突き入れていった。

肉感的な双臀はもっともっとと誘うように波打ち、ヌヂュッ、ヌボッ、と出入りする肉棒は離れ難く絡みつく媚肉を引き出し押し込み、押し込んでも引いても、熱い牝果汁がジュブリと溢れてくれた。

しかし、こうして烈《はげ》しく腰を振っていれば、掻き混ぜられた愛蜜って泡立つもんなんだな。俺の黒の陰毛も、シャーロットのプラチナブロンドの陰毛も、淫らな白泡がこびりついてますますそれが泡立っていく。

ずりずりとシャーロットの肉道を探索し、絡みつく肉襞のうねりにウットリとしながらも、こうか、こうがええのんか、と拙《つたな》いながらも腰の振り方を工夫して擦り立ててヤった。彼女は腹側をゴリゴリと擦られるのが善いらしかった。

「ハァッ！　アぁアンッ！　そこぉ、そこですわぁッ！　デズモンドさまぁ……、気持ち良いのですわぁッ！　ハンッ、あぁあああンッ！」

グチュッグチュッ、パンッ、パンッ！

領主夫人の寝室には淫らな音と噎《むせ》び啼く女の嬌声が響き渡り、淫猥で濃密な薫りが満ち満ちていた。

これは雄も雌も淫らに狂わせる芳香だ。

キュンキュンと膣襞に締めつけられ、腰を打ち込むたびにパァンと汗の雫が飛び散った。

「シャーロット、自分からも腰を振ってみてくれ」

「はい、デズモンドさまぁ、こうですかぁ？　ンッ、んはぁンッ！」

「おぉお……」

彼女、やっぱり淫乱を秘めていた。元から腰をくねらせてはいたけれども、自分から意識して振らせればすぐに搾り取られてしまいそうな蠢きを魅せてくれた。それに、弱点も丸わかりだ。

「シャーロット、さっきからここばっかり擦れるように尻を振ってるだろ。ここがイイのか？」

ぞりぞり。

「アッ、あぁあああンッ！　ダメェ、デズモンドしゃまぁ、そこ、そこが善いのですわァ……はあうッ！」

「くぉッ！」――メッチャ締まった。

これは諸刃の剣だな。でも、この可愛らしい妻が善がってくれるならば――一向に構わんッ！

――ってか、ヤろうと思えば魔力を廻して復活できるし。

連続早打ち《クイックドロウ》も試してはみたいけれど、今は持続力を鍛えておきたい。俺はグンッと根元まで腰を押し込んで、尻で「の」の字を書くようにして腰を回しだした。

「アッ、ふぅんっ、デズモンドさまのおち×ぽに、わたくしのおま×こが掻き混ぜられてますわァ……、気持ち良いのですわァ……」

――おぉう、シャーロットのやつ、逆回転で対応してきやがった。ってか、ほぼ実戦経験ゼロの俺なんて、この娘《こ》にすぐに追い抜かされるんじゃあ……。

——ぶるるっ。

「負けるかッ」

「ひぃアンッ！」

ぐぃいっ、
と更に深く腰を押し入れて、肉先で子宮口をゴリゴリとヤってやった。あられもない声で啼いて確実に効いてはくれているのだけど……、ギュギュンと膣肉が締まって、
搾り獲られるぅ……。

子宮口も狙い澄ましたように鈴口へと吸いついてきて、シャーロットの女の肉体は俺の精を子宮にまで吸い上げようと、躍起になっているようでもあった。しかし、後背位と云うものは支配欲、征服欲がムキムキと満たされていく気がする。男がヤりたがって、女が嫌がる理由もよくわかる。この、操縦している感覚がたまらない。

トントントントン、
と小刻みに腰を動かして、俺はコリコリとした奥のそいつに、更に振動を与えてやったのだ。

「アッ、やぁあッ、デズモンドしゃまぁ、しょんにゃ、赤ちゃんのお部屋、コンコンされたらぁ……、気持ち良い、気持ち良いぃ」

くくく、善し善し、と俺は肉棒をますます固くしてほくそ笑んだ。

――しかし、

「気持ち良い……でしゅけどぉ……ごめんにゃさい、わたくし、孕めにゃくて、ごめんにゃしゃいぃ……」

「え……、シャーロット……？」

彼女は、本気で泣いているようにも思えた。

「ちょっ、どうしたんだッ！　な、なんでッ……？」

俺、調子に乗り過ぎた……？

慌てふためく俺だったけれども、――そうか、と気がつくことは出来た。

彼女にとって、子供が出来ないとは、それほどのトラウマなのか……。

――そうだよな、この国の貴族って、引くほどの男尊女卑だもんな。農民だと労働力としてまだ違うみたいだけれど、貴族で子供を産めないってなると……。

劣情にかまけてヤったことだったけれども、子宮口を叩くことで、同時に彼女のトラウマをも刺激してしまったらしかった。自己嫌悪の嵐が吹き荒れる。だが、それでも、それだけではない、忘れていてはならなかったものも膨れ上がり出していた。

そんなの、許さない。デズモンド・ダムウィード男爵――俺は、俺のシャーロットがこんな風に泣くのを、決して許してなんてやらないのだ。そう、俺はずっと彼女を見ていた。

こんな辺境の領地へ、ただただ政治の道具として――しかも、心の傷を抉られるような使われ方で送られてきた由緒正しい名門貴族の彼女を。女性は子供を産む道具としか思われていないこの貴族社会で、それは真綿で首を絞めるよりも尚《なお》悪い。緩慢に心を殺す――ただただ死を待つだけの牢獄だ。現実に目の前にある分、地獄よりも性質が悪い。

デズモンド・ダムウィード男爵――かつての俺も、今の俺も、彼女の力になりたかった。

まあ、前世の記憶を取り戻すまで八年、何も出来なかったワケではあるのだけれど。記憶を取り戻しても、彼女の反応があまりに可愛らし過ぎて、だいぶ劣情の方に流されてはしまっているのだけれども、――それが俺の気持ちだった。だから俺は前世の記憶なんてものを思い出したのかもな？

俺は、これに彼女が反応してくれるかわからなかったけれども、彼女に圧《の》し掛《か》かって、汗ばむ肌を重ねながら耳元に唇を寄せた。汗ばんだ彼女の髪の香りが鼻に甘酸っぱく感じられて、この女性《ひと》を絶対に悲しませたくはないと思った。

しかし、これは妙手か、悪手か。まだ定かじゃない。でも、彼女が泣いたままでいるよりは、俺が【火球《ファイアーボール》】で焼き殺されてしまった方が、とてもとてもマシだとは思うのである。……まあ、怖いのは確かだけれど。コツンコツンと肉先で膣奥を小突いてヤりつつ、

「聞いてくれ、シャーロット、俺はここに俺たちの子を宿させたい」

「は、はぃい、ごめんなしゃい……」

「いや、俺はそんなことを言いたいわけじゃない」彼女を抱きしめる腕にギュッと力を籠めた。

「シャーロットが子供が欲しいのなら、俺はどれだけでもシャーロットを抱くし、気持ち良くさせて、中出ししまくるつもりだ」

「あぁ、嬉しい、デズモンドさまぁ……」

俺だって嬉しい。そして、次の言葉を言うのは滅茶苦茶怖い。

「……でも、俺は、正直、シャーロットに子供を産んで欲しくはないかも知れない」

「え……？」

その瞬間、ピシリと空気が凍り、ひび割れたような気がした。

――怖ぇえ、怖ぇえよぉ！　で、でも、負けるかァあ……。

奮い立て、チキンハート、俺は、ケダモノになるのだッ！

グンッ！

と腰を漕いで、
ズンッ！

と膣奥へと重たい一撃を喰らわせてやった。

「はぁああンッ！」ひび割れた空気に甘い嬌声が浸透する。

シーツにひしゃげた豊満な乳肉を掬い上げ、ぷっくりと膨らんでいた乳首をクリクリと扱きたててやった。

「アッ、ハァンッ！　デズモンドさまぁ、そんな、ンッ、ハぁアンッ！」

善がり啼き、抗議するどころではない彼女の耳へと、出来る限り甘く、浸透するようにして囁き込んでヤる。より這入り込むように、ペロペロと、耳の溝を、耳の穴を舐めホジり、甘噛んでもヤるのである。

「だってさ、子供が出来たら、俺がシャーロットを独り占め出来なくなるじゃないか」

「ふ、へぇ……？」

クニクニと勃起乳首を扱いて引っ張れば、甘ったるい声がビンビンと艶めいて、キュンッ、と膣襞が俺を抱きしめてくれた。

――おくぅッ！　駄目だ、まだ我慢だ。全部を、伝えきるまでッ……。

「このおっぱいも」

もみもみ。

「この乳首も」

クリクリ、クニクニ。

「ここだって」

腰をズリズリとやって奥を小突き回してヤった。

「全部俺のモノだ。シャーロットは誰にも渡さない。たとえ俺の子供にだって。シャーロットがどうしても子供が欲しいって言うのなら、俺がシャーロットの赤ちゃんになってやる！」

それはイケナイ扉だって思ったけれども。

それでも、溢れ出した俺の想いは止まらなかった。

「それが俺の気持ちだ。シャーロットが赤ちゃんが欲しいんだったら、毎晩でも抱いて孕ませてやる。孕むまで抱きまくってやる」

「ここにな」と意識させるように、コリコリと子部屋をノックしてやる。彼女の嬌声は、もう啼かせている俺ですら聞いてはいられないほどに蕩けていた。このまま腰を振りたくっても良かったけれど、最後まで……、

「それでもしも出来ないんだったら、俺が君の赤ちゃんになるし、俺をシャーロットの赤ちゃんにして欲しい」

——ウン、自分でも何を言ってるんだお前って感じだったけど、彼女のためだったら、悦んで赤ちゃんにも道化にもなってやるのだよ。

甘えるように締めつけてくれる膣襞に、ずりずりと腰を動かし、俺からもたっぷりと甘えてやった。手つきだって、いやらしく欲しがるようにして豊満な乳房を揉み捏ね、お乳をくれとばかりに乳首を抓《つま》んで搾るようにしてやった。

まるで猿の赤ん坊のようにしがみつきながら、俺は自分の肉体《からだ》で彼女を揺すぶった。

「アッ、ハァッ、あなたぁッ、そ、そのようなことは、貴族の……男とあろうものが、言うべきお言葉では……あぁんっ」

——ごもっとも。しかし、

「良いんだ。君のためならば。きっと――俺は、そのためにここに転生《生まれ》してきたんだと思う。君を、愛するために」

我ながら臭いか？　もしも今日もメイドがクローゼットに潜んでいて、聞かれていたとすれば、悶絶死、恥ずか死するのは確実だ。だけど、それ以上に、シャーロットに伝えることの方が重要だ。

――って、

「うぉおおおおッ!?」

ギュギュキュンッ！

と媚肉が締まり、まるで膣でバキュームされてるんじゃないかってほどの搾り上げが来た。と同時に、俺の腕の中でシャーロットはビクビクッ、ガクガクッと、大丈夫なのかこれ、ってほどに痙攣したではないか。

ぷしゃあっ、ぷしゅぅっ！

と蜜液が噴き出し、苛烈な膣の蠢動が止まない。

――お、おぁあ……、も、駄目、我慢できない……、このままじゃあ、出、でるぅうッ……。

しかし俺は、もうちょっとの我慢だ、と踏み止《とど》まるのだ。

「デ、デズモンドさまぁ……、はぁッ……」息も絶え絶えな彼女。

「な、なんだ……？」――ホント、大丈夫か？

「ンぅっ！」

ぶるっと震えながらもシャーロットは、

「そ、それは、わたくしが一番憧れていた言葉だと知っての狼藉ですの？　そんなことを言われてしまえば、子供、欲しいのに、それよりも、デズモンドさまの方が欲しくなってしまうではないですかぁ……た、違《たが》えたら、許しませんのよぉッ！　アッ、はぁアッ！」

後ろから見える彼女の耳は、項《うなじ》まで真っ赤だった。

俺は、顔がほころぶのを抑えられない。

耳元へと、唇を寄せてやった。

「もちろんだ。だって、俺はシャーロットを愛しているから」

「んぅうぅッ！」

「おぅうッ！」

ギゥウンッ！　と媚肉の締めつけが強まった。俺は、もうッ――、

「駄目だ、出るッ！」

「くださいませぇッ！　デズモンドさまのお種を、わたくしにぃ……、お種を、ちょうだいしたく存じますわァッ！　はぁあああ～～～～ンッ！」

「ぉうううううう～～～～ッ！」

牝の雄叫びに合わせて俺も吠えた。どぶどぶと、金玉が空っぽになってしまうのではないかと

思うほどの射精だった。激情のあまりに魔力をありったけ性器に回して、それで種付けをしたようでもあった。

シャーロットは熱いとか逞しいとか、ドクドクしてびゅるびゅる這入ってきましゅのぉとか、そんなことを言って。俺は煽立てられるがままに、力尽きるまでシャーロットの胎に精を注ぎ込んでいた。ヒクヒクと小刻みに痙攣するシャーロットにしがみ付くようにしながら、俺は彼女もろとも倒れ込んでいた。

俺たちは、二人して快楽に堕ちていた。

そして、俺は魔力を使い果たしたようだったけれど、それでも、彼女は孕んではいないない様子ではあった。もしかすると、俺は彼女を孕ませられないのかも知れない。でも、だったら、その分目いっぱい腰を振ってシャーロットを愛して、可愛がってやろうじゃあないか、と思うのである。だって、さっき言ったことは本心なのだから。

そうして俺は彼女を抱き締め、彼女と共に泥濘《でいねい》のような眠りに就く。

――嗚呼、気持ち良い、君を絶対に離さないぞ、シャーロット。

(――わたくしも、あなたさまを離しません、デズモンドさま……)

俺たちは、二人して、文字通り一つとなっていた。

4

「シャーロットさん、子供はまだですか?」

「お義母《かあ》さま、申し訳ございません……。もう少し、お待ちいただければ……」

「あら、まだ生まれる見込みがあったのですね」

　わたくしの嫁いだピーターさまのお義母さまが、いつものように問われました。わたくしはただただ唇を噛んで俯き、謝るしかありません。

「そうですね、まさか由緒正しきテラス伯爵家の娘が、あさましき種泥棒である筈はないでしょうとも。しかしあなたが嫁いできてから早四年。しかも側室には子供が産まれたともなれば――」

　ジロリ、と侮蔑を孕んだ視線。まさかわたくしがこのような視線を向けられるような日が来るなんて、想像もしておりませんでした。そして、

「お母さま、ここにいらしたのですか、探しましたよ」廊下の向こうから夫が現れました。

「おお、ピーター」

「トーマスが探しておりました。あなたに逢えることを楽しみにしていましたのに」

「ああ、それは可哀想なことをしましたね。何せ孫以上に躾けなければならない者がいましたの

で」

「申し訳ございません、ぼくが至らず」

「いいえ、お前は何も悪くはありません。それなのに庇うとは、お前のような優しくも武勇に溢れた息子を得られて――」彼女はチラリとわたくしを一瞥されました。

「私は幸せですよ。貴族の女たる者、優秀な子を生むことこそ本懐であり幸福。ああ、なんと幸せなことでしょう」

グッとわたくしが思わず拳を握りしめても、夫であるピーターは何も言いませんでした。わたくしに一瞥もくれず、お義母さまを見送ると、

「第二側室が懐妊した。これでわたしはしばらくお前に種をやれるが、いるか？」

夫はわたくしの方も見もせずに言いました。

わたくしは唇を噛みしめ、

「はい、ピーターさまさえよければ、お種をちょうだいしたく存じます」

「わかった、手が空けば行く。ローションは先に多めに塗っておけ。挿《い》れてから勃《た》たせた方が、無駄がなくて済む」

「はい、ありがとうございます。用意しておきます」

「礼を言うくらいであれば孕め。正妻に子供がないとは、我が家の恥。まったく、姉といい妹といい、今代のテラスの女は不作だな。テラス伯爵にはお悔やみ申し上げる。――いや、これはも

しやテラス伯爵の我が家に対する陰謀か？」

「そ、そのようなことは決してッ！」

「貴族の女たるものが声を荒げるな」彼の声は針よりも冷たく、鋭いものでした。「みっともない。そう言うのであればさっさと孕め。孕まぬ女など重荷でしかない。このままでは家に帰らされることも覚悟しておくことだな」

「…………はい、承知しております」

「ふん」

鼻を鳴らすと、彼は行ってしまわれます。

ここで泣くことはテラス伯爵家次女としてのプライドが許しません。わたくしは部屋に戻り、気づかうキャスリンに空元気を奮い、ローションを女陰に塗りました。しかし、その日、ピーターさまはわたくしの部屋を訪れてはくれませんでした。

——彼は、わたくしの王子さまではありませんでした。

◇◇◇

ピチュピチュと、朗らかな朝の陽光に小鳥が歌う。可愛らしい彼ら自身の躰が音符と成って、春先の目覚めを奏でていくよう。

「うぅ、ん……」

二十九歳であろうとも、二十歳そこそこ、否《いや》、昨日よりますます若返っているように見える、ウェーブがかったプラチナブロンドの美女、シャーロットが眼を覚ました。

寝乱れ、ジットリと水気を含んだシーツの上で、エメラルドの瞳をしぱしぱとすれば——、

「ひゃわぁッ！　デデデ、デズモンドさまぁッ!?」

自分が彼の腕枕で眠っていたことに気がついて、わたわたとしだした。二日続けて彼に抱かれ、彼の腕に縋りつくようにして朝まで同衾《どうきん》してしまったことを思い出し、
ボフンッ、シュポーッ！

と湯気がでるほどに真っ赤になってしまう。

しかし、彼はまだ眠っていた。

それも無理はない。大きな魔力量を誇り滅多に体調を崩すことのない貴族といえども、その魔力のありったけを睾丸に廻して彼女へとしこたま注ぎ込めば、寝坊して然るべき。貴族が自身の魔力が尽きるまで振り絞るときは、戦場、しかも生死を賭けた極限状態であることが常だ。それを彼は昨夜自分を犯し、孕ませるためにやった。

前夫のピーターは、新婚当初でも、彼女がなかなか孕まずに様々な療法を試しはじめたときですら、そんなことはしてくれなかった。

ふっ、
と二十九歳児の唇が緩み、むにゅむにゅと歪んでしまう。

「デズモンドさまぁ……ちゅっ、ちゅっ、ん～～～、ちゅっ。――ふふ」

起きる様子のない彼に、シャーロットはぷるんと瑞々しい花びらのような唇で吸いついた。ちゅっちゅっ、と何度も吸いついては、クスクスと少女のように笑い、ちょっと思いついた貌でぺろっと唇を舐めてみれば、顔を真っ赤にしながらプルプルと震えてしまう。

「デズモンドさまぁ、お慕いしておりますわ。ちゅっ」

と、もはや何度目かもわからないキスの朝雨を降らせれば、愛しい夫が身じろぎする。

「うぅ、シャーロット……」

「ふぁッ！　アッ、そそ、そのこれはですね……」と慌てた彼女だったが、

「……あれ？　まだ寝ていらっしゃるのですの？　眠っているのに、わたくしの名を……」

そう気がついたとき、

――～～～～～～ッ！　～～～～ッ！　～～～～～ッ！

お腹を押さえるようにして身悶えながら彼の胸に顔を押しつけた。

――～～～～ッ！　～～～～～～ッ！

ぐりぐり、
ぐりぐり。

ぐりぐりぐりぃ～～～～っ！

ようやく波が収まったらしく、

「ぷはぁっ！」

と、息を吐いた。

どうやら腋に顔を埋めて吸い込んでもいたらしく、

「とても、効きますわぁ……」

何が効くのであろうか？　間違いなく、乙女のためにも訊いてはならない事柄であろう。

すると、

「あら？」

彼女は雄々しく屹立する〝それ〟を見つけてしまった。好奇心旺盛な二十九歳児のエメラルドの瞳が、キラキラと無邪気に輝きだす。

凝《ジ》ィっと見詰めて、ソッと手を伸ばしてみた。

――ツンツン。

ぴくんっ！

「きゃっ！　う、動きましたわ……、これって、動くものでしたのね……。…………」何かを思い出したように、顔が真っ赤に火照《ほて》る。そしてツンツンと突つき続ける。「わ、わぁあ……、先っぽはぷにぷにしてて、長いところは固くって……、これは、血管、ですの……？　不思議な形ですわぁ……。こ、ここのところがわたくしをゴリゴリと引っ掻かれるのですね、わ、悪い方です、この、茸の傘みたいなところ……」

――ツンツン。

ぴくぴく。

――なんだか、面白くなってきましたわ。つんつーん、つんつーん。

ぴくっ、ぴくぴくっ。


――ふぉッ!?

◇◇◇

あ……ありのまま、今起こった事を話そう。

気持ち良く寝ていれば一足先に勃《お》っきしていたらしいち×ぽがもっと気持ち良くなった。めっちゃ気持ちが良いからこのまま夢精したら拙いな、とか思いつつ、やけに気怠い躰で目覚《起き》めようとすれば――なんだか腕が痺れてんじゃねェか、これは授業中に腕を枕にして爆睡した後によく似ているぞ、なんて寝ぼけていれば、

――愛しの妻が全裸で腕の中にいて、大きな剥き出しのおっぱいをむにゅむにゅと押しつけながら、俺の朝勃ち×ぽを無邪気にツンツンしてはクスクスと、妖精のような貌で笑っているじゃあないか。

いったい何が起こったのか、分からなかった……。

昨日は魔力がすっからかんになるまで射精してしまったからそのまま腹上死で――いや、体位的には尻後死か？（しかしなんて読めばいいんだこの字、なんてことは置いておいて）――まさか俺は天国に来てしまったのではないか、次の転生先のために女神さまが現れて、前世の毒をヌいてくれているんじゃないか。或いはここは天国と見せかけた地獄で、甘すぎる地獄の責め苦を味わっているんじゃないか――などと長々つらつらとそこまで考えられたワケではなかったが――しかし、そうとでも思わなければ、この、無邪気に叔父さんといっしょに寝るーと言って同衾した天真爛漫《てんしんらんまん》無垢な姪が、俺よりも一足先に起きて年甲斐もない朝勃ち×ぽを見つけて下着まで降ろし、叔父さんのこれなぁにー？　変な形ー、でも触るとぴくぴくして面白ーい、つんつん、つんつーん、って状況に似た、背徳感満載過積載のこの状況には決して耐え切れなかったと思うのだ。

そして冷静になった俺が、こうしている相手が最愛の妻であって、それならば悪戯してみてもいいんじゃないか、いいぜ、ヤっちまいなよ、って気持ちになることに、いささかの問題も矛盾もないものだと、声高に主張するものなのである。

「きゃあッ！　すごい、急にぴょんぴょんしだすようになりましたわ。も、もしかして、触り過ぎて壊れてしまったのでは……？」

――うんうん、これも無知シチュの醍醐味だねー。

仄暗《ほのぐら》い愉悦を滾らせながら股間に力を入れてぴょんぴょんさせていれば、シャーロットはまるで子猫のようになって――今世では君の方が年上だけど、俺にとって君は永遠の子猫ちゃんサ(どうだろ、この台詞は彼女、好きだろうか？　元の世界では絶対に言えない言葉だったし、前世の面《つら》だったら即事案発生だが、〝異端〟の黒髪黒目でも今世のイケメン貴族マスクであればセーフだと思うのである――泣いてないよ？　泣いてないいんだったら、泣いてなんかいないいんだから――)、彼女はぴょんぴょんする俺の愚息をツンツンしようと躍起になっていた。

「ど、どうしたら良いのでしょうか……、わたくしが悪戯した所為でデズモンドさまのおち×ぽが……」

――ウンウン、君に悪戯されちゃった所為で、俺のち×ぽはぴょんぴょんが止まらないんだ。悪い娘だなー、シャーロット。ホラ、もっとツンツンしてくれー。ぴょんぴょん。

「はわわぁ……」

あくまでも俺は眠っている体《てい》だから愉悦顔を浮かべるワケにはいかなかったけれども、もはや童心――と言うにはとてもとても悪辣《あくらつ》で卑猥で悲惨だったけれども、ぴょんぴょんが止められなかった。しかし、ふと、俺の脳裏に風と共に這入り込んできた予感があった。それは天罰みたいなもので、どうしても抗えないような……。

――いや、まさかとは思うけれど、叩いて直そうとか、捕まえたり……。

「待ってくださいっ、おち×ぽさんッ！」

ギュッ！

「おぅうぅッ！」あんまりの衝撃に俺はビックンと腰から跳ね上がってしまった。

なんて悲鳴と共に手が離されてしまったのは残念だったけれど、この衝撃と合わせてこれは、

「きゃああ！」

完全に自業自得――。

「強っ、強いからぁッ！　シャーロットぉおッ！」

――ってかこの娘、今なんておっしゃいました？　おち×ぽさん？　二十九歳の美女が？　そんなのもう、ギュって握られても許すしかないじゃないかぁッ！　クソありがとうございましたァッ！　と馬鹿な男の気も知らないで、

「あぁッ！　す、すいませんデズモンドさま……、――って、まさか起きていらっしゃって……」カァア、と彼女の可愛らしい顔は真っ赤かとなった。「ひ、ひどい、酷いですわぁッ！お、起きていらっしゃったのならば言ってくださればぁ……」

――ウン、可愛い可愛い。男であれば誰だって俺の気持ちが分かるだろう。

こんな状況はファンタジーのように思えるし、そもそもこんな可愛い妻がいることがファンタジーだ。だからこんな可愛い女性を子供が生めないだけで家に戻すだなんて、前の夫は馬鹿だしザマァとありがとうとしか思えない。

この可愛さに気がついて取り戻しに来たって、絶対に譲ってなんかやらないんだからな。

と、俺は、羞恥にわたわたしながらも腕枕からは決して退かない彼女の肩を捕まえて抱き寄せ、

耳元に唇を寄せてやったのだ。

「シャーロットがおち×ぽに夢中になってるのが滅茶苦茶可愛くて嬉しくてさ。そんなにも俺のおち×ぽを好きになってくれたんだ」

「う、ぁああ……」

あわあわする妻のすべすべの肢体をいやらしい手つきで撫で回しながら、尻を揉む。そのまま内側へとスウィープ。

――ぐふふ、
と内心の笑みはまんまエロ親爺。

「だ、駄目ですわデズモンドさまぁ……」

んぅう、と可愛らしく身悶えられてしまえば、むしろもっとやってと誘っているとしか思えない。ソッとすべり込ませれば、

「濡れてるな。いやらしいシャーロットは、眠ってる俺のち×ぽを弄りながら何を想像していたのかな？」

「や、やぁあ……、な、何も想像してはおりませんわぁ。おイタはぁ……」

「おイタをしたのはシャーロットの方だろ」――ウン、マジでお痛だった……。

微かに蜜を滲ませる割れ目をすりすりと弄ってやった。あえかな吐息がたまらなさ過ぎる。

「そんなに触ってみたいんだったら触ってもいいぞ。でもさっきみたいな強いのは止めてくれよ。

敏感だから、優しく……」

ちょっと怖がりつつもピコピコと怒張を上下させてやった。はわわわわ、なんて俺の腕の中でドキドキしている彼女だけれども、以前【火球《ファイアーボール》】を投げつけられたことを、チキンな俺は決して忘れてやしないのである。

——調子に乗ることだけは、気をつけよう……。

5

「よ、よろしいのですの？」

「優しくしてくれればむしろ触って欲しい」——と、応《こた》えてから念を押す。「ホラ、昨日触られて、俺が気持ち良がってたの知ってるだろ？」

そう言えば、

「そうでしたわね、——ふふ」

——うっわぁ、メッチャぞくってした。

ち×ぽに興味津々な無垢な少女だったかと思えば、今の笑みは蠱惑的《こわくてき》な美女そのものの笑みだった。——年相応。感動しつつも内心、俺、ナニされちゃうのかしら？　ってドキドキが止められない。シャーロットは、ソッ、と、嫋やかな指で肉根を巻いてきた。

「熱い、ですわ……。それに、ピクンピクンとして……。気持ちが良いのですの？」

「ああ、気持ち、良い……、おぅう……」

あまりにも優しげで愛おしげな手つきに俺は顎を上げて呻いてしまった。シャーロット、君、わかってるか？　君の擦ってるのは俺のおち×ぽなんだぞ？　そんな手つきで撫で回すものじゃあ……、うぅっ……。

「本当に気持ちが良さそうですの……」

妖しく細められた眸《め》に見上げられれば、ますます得体の知れない快美感に背筋を這い回られてしまう。彼女の手の裡《うち》でピクンピクンとしてしまえば、
いやッ、恥ずかしいっ、でも感じちゃうのッ！　って感じだ。気持ち悪い？　なんとでも言えば良い。そんな非難、この愛撫の前じゃあ何にもならないのだから。フハハ！

「あぁあ、ヤバ、これ滅茶苦茶良いよ、シャーロット……、その、出来たらタマタマの方もコロコロしたり――あ、もっと敏感だから絶対に優しくだぞ、絶対に」

大事なことだから二回言った。

「ええ、わかっておりますわ。だって、わたくしを孕ませてくれる子種が、ここに詰まっているのでしょう？　お種の、お袋。大事にしなくてはなりませんわ。コーロコーロ♪」

「アッ！　うぅう……」

ヤバい、これ、ヤバい。駄目、目覚めちゃうぅ……。これで更に、

「シャーロット、乳首を舐めてもらったりしてもいいか？」

「乳首ですの？」

「ああ、シャーロットが乳首で感じるように、俺も乳首で感じるんだ」

されたことはないけれど、知識の上でならそうらしい。すると彼女は、

「もう、意地悪なデズモンドさま」

——あぁあ……、甘ったるい声と拗ねた表情がぁ……、

「それなら舐めて差し上げますわ」

チロリ、
と彼女はピンクの舌で唇を潤していた。

う、うわぁあぁッ！　うわぁああぁッ！　なんでそんな嗜虐的な貌も出来んだよぉッ！　や、やっぱちょっと待って。こんなんでタマタマコロコロち×ちんシコシコ乳首ペロペロされたら俺はもうッ！

「おぁあ……」

「ちゅっ、ぺろっ。本当に気持ちが良いらしいですわね。チロチロ……、ちゅっ、わたくしの手の中でおち×ぽがぷくっと膨らみましたわ。——ふふ、お可愛いこと」

お可愛いこといただきましたァッ！

「きゃっ、駄目ですわぁ、おち×ちんさんが、ビクッとしましたわ。……あれ？　何か先っぽか

らぬるぬるしたものが出てきていますわ。これは、なんなんですの？」

くっ、あぁあ……、ナチュラルに鈴口ぬりゅぬりゅしにゃいでぇえ……。

やはりこれか？　無知×《かける》天然×《かける》淫乱＝《イコール》射精管理力ッ！

――あれ？　前と何か違う……？　いや、今はそんなことを言っている場合じゃなくってぇ……。

「触ってるとますますたくさん出て来ますわ。デズモンドさま、これはいったい何なのですの？　ねぇ、ちゅっ、ペロペロ……教えてくださいませ」彼女は俺の乳首を舐めるのも忘れない。

信じられるか？　これで性知識はないんだぜ？　この世界に性欲がなくって本当に良かったと思う。もしもあったら、俺なんて風の前の塵《ちり》に同じだ。

「そ、それはだな……、おぁあ……」駄目だ、俺の理性も風前の灯火《ともしび》ィ……。「お、男も濡れるんだよ……。シャーロットだって、濡れるだろ？」

すると、

――おっ、今度は可愛いモードだ。顔を真っ赤にさせてぷるぷるして……ウン、可愛い可愛い。

そう思ってニマニマしかけた俺のなんと浅はかで馬鹿であったことか。

「お返しですわ」

「ふぇえ？」

と驚いたときの彼女のような声を出してしまった。男が言ったって何も可愛くはない。が、似

た者夫婦って言われるのは嬉しいけれども、攻守の逆転したこの状況、俺の生殺与奪権は文字通り彼女の手に握られているのである。

「性愛術を覚えられてから、わたくし苛められっぱなしですもの。そうだったのですね、デズモンドさまはわたくしにヤり返されることを怖れて、させてくださらなかったのですね、なんてお狡《ずる》い」

小狡いって言われなかっただけちょっとホッとするのは俺の器の小さなところだが、途端、シャーロットの手つきは熱烈となった。シコシコと絶妙な手つきで扱き立て、もう片方の手ではタマタマをコロコロ。鈴口をにゅぽにゅぽと擦って恥ずかしい汁を拭っては棹に塗り立てて潤滑を良くして、俺の乳首を舐めながら責め立ててきた。

「ふふふ、良いお顔ですわ。キス致しませんか?」

——ちょおッ! 優秀どころじゃないぞッ! これぇッ……! だけど、身を委ねてしまうぅ……。

「はい、しましゅう……」

「トロンとしてお可愛い。ちゅッ、ぺろッ」

——おぅう……、さっそく舌まで挿れてくれて……。

ああ、もうだめ、このまま妻の手でぴゅっぴゅしてしまいたいぃ……。

彼女にコロコロされるたびに子種はくつくつと煮込まれ、ぶくぶくと泡立って尿道に迫ってきていた。込み上げる射精欲のままに射精できたらどんなに良かったことだろう。だがしかし、俺のチキンハートは彼女の手を汚してはならないと、二重の意味で鼓動を昂ぶらせて訴えていた。うっかり彼女の躰にぴゅっぴゅしたら、【火球《ファイアーボール》】の恐れあり。そもそも魔法を習熟している彼女にかかれば、このまま握りしめたブツを燃やすことだって……。

——ぶるるッ！

魅惑的な彼女の舌と舌を絡ませ、くちゅぐちゅと唾液を交換し合っていた俺は、名残惜しいながらも息継ぎをするように唇を離した。

「アン」

と物寂しそうな貌に絆《ほだ》されてはならないのだ。

——だって、俺の命、乃至《ないし》はムスコの命がかかっているのだものッ！

「シャーロット、ちょっと待ってくれ」

「ナニをですの？」シコシコッ！　と軽妙なスナップで妻が応《こた》える。

お前上達はやすぎだよ！　ってか、わかってやってんじゃねーのかッ！

「くぅう、そ、その、おち×ちんシコシコを待って欲しい。も、もうちょっとで出ちゃいそうだからぁ……」

「ええ、遠慮なくお出しになって」シコシコシコシコッ！

やらぁッ！　待ってッ、待って待って待って待ってぇエッ！　白いおしっこびゅるびゅるしちゃいますのぉおッ！

って気持ち悪いことを言っている場合ではなくって。

「駄目だ、うぅう……、このまま射精《だ》してしまえば、シャーロットにかかってしまう」

必死に歯を喰いしばりながら言えば、

「別に構いませんわよ」

いい、
しれっ、と返された。

「どんなものが出てくるのかは知りませんが、わたくしが出して欲しいのですから、かけていただいて構いませんわ」

と、魅力的なお言葉と強制的な扱きをいただいたではないか。

――じゃ、じゃあお言葉に甘えて……。

いやいやいやいやいや、チキンな俺はそんな危ない橋は渡れない。そして、それだけではなく、シャーロットへのぶっかけはお風呂で遠慮なくヤってやりたいとも思ってはいたのである。

生存欲求と欲望が手を組んでラインダンスを踊っていた。いや、ブレイクダンスかも。二重螺旋じみて絡まって、俺を絶頂の頂へと押し上げようとしているのである。

「いや、それはお風呂でだ」俺は呻き、我慢したままで嘆願する。

「だ、だから、今は、シャーロットの膣内《なか》で射精《だ》させて欲しい……、うぅう……」

途端、彼女の手は止まってくれた。

ホッと胸を撫で下ろす――と油断のあまりに出ちゃいそうだったからしなかったけれど、離れてしまった彼女の指には、もちろん物寂しさを覚える。

「し、仕方ありませんわね。では、わたくしの膣内《なか》で……」

この娘、絶対淫乱――。

「シャーロットは、おち×ぽでおま×こハメハメするのが大好きになったみたいだな」

「ハメハメ？　何か分からないですが、デズモンドさまが善からぬことを言っていることだけは分かりますわ。悪いお方はこうしてしまいますの。ちゅっ」

と、乳首に吸いつかれた。

「おふぅッ……」

嗚呼、極楽極楽……。

俺は乳首をちゅっちゅぺロペロされながら――負けない。「そりゃあもちろん、シャーロットはおま×こにおち×ぽを挿れて、ハメハメって擦ることが大好きってことだ」

すると我が妻は恨みがましい目つきで――正直、キます。これだけで自慰三発は固い。

「うぅ、誰がそんな肉体《カラダ》にしたと思っていますの？」

チュッチュペロペロにもますます熱が込もる。

「好きじゃない？」

「好きですわ」――即答だ。

「デズモンドさまって――ちゅっ、実は変態でしたのね。いえ、それはわかっていたことかも知れませんわね」

「え……？」――オレ、ナニカヤリマシタッケ？

と戦々恐々とすれば、彼女は恥ずかしそうにしていた。――可愛い方のシャーロットが現れてくれてた。

「だって、以前からデズモンドさまはわたくしに……、ローションを、自分で塗りたがっていたではないですか」

「あー」そう言えば、そうしていたっけな……。中途半端に前世の記憶があった所為で、中途半端な性欲があったワケだ。

それがチキンと相まって、自分で塗りはしてもそれ止まりという、如何にも俺らしい中途半端具合。自分で言ってて悲しくなるわ。

「嫌だった？」

――そりゃあそうだろ。こうして性愛術なんてものを持ち出す前だったし、俺のことなんて好きじゃなかったんだったろうし……。

シャーロットの立場からすれば断れなかったろうから、改めて考えると俺、最低だな……。

「ごめんな」

「え？」

「だって、嫌だったろうから。白状しとけば、あれは――確かに変態な俺の趣味だったよ」

しかし、怒りだすかと思えば彼女はむしろエメラルドの視線を泳がせてキョドキョドしていた。

「その……、わたくし……」と逡巡して、而して意を決したかのように、「……実は、嫌ではありませんでしたの……、あれは、最初は戸惑いましたが……、その、奉仕していただいているようで……」

「へぇ」ほーう、ほーう。

「な、なんですかデズモンドさまッ！　そのいやらしい顔はッ！」

「なんでもないよ？」と言って俺はシャーロットの蜜壺へと指を忍ばせた。くちゅくちゅと、覚えたての彼女の善いところを捏ねてヤった。

「アっ、やぁあんっ……」

すぐさま赤らめた顔をしかめてピクンピクンと反応してくれる彼女が愛おし過ぎた。

「残念、これじゃあローションは塗らなくって大丈夫だ。もう、すでに濡れ濡れ。いやらしいシャーロットは、変態な俺のおち×ぽを擦ってて、ローションがいらないくらいにいやらしい気持ちになってたんだ？　そうだよな、シャーロットはおち×ぽでおま×こハメハメされるのが大好きな、欲しがりの女の子なんだから」

女の子という歳じゃあもうなかったけれど、これだけの可愛らしさと童顔の容姿なら、そう言ってまったく問題がないと思うのだ。

くちゅくちゅと弄れば、すぐに艶々として甘い吐息を洩らしてくれた。

「シャーロットはこのいやらしい穴に、おち×ちんを挿れて欲しくって涎を垂らしてたんだ」

ヌチュッ、ニヂュッ。

「や、やぁあッ……、デズモンドさまぁ……、駄目、んぅうッ！　先ほど調子に乗ったのは謝りますからァ……、ハンッ、あぁウッ！」

そう言いつつも、彼女は決して抵抗しはしないのだ。そうして自分でも腰をうねらせだす。

「いいや、止めない。だって、シャーロットはこうされたいんだろ？　俺が君にシコシコされて嬉しかったように、俺にされて嬉しがってるんだ。良かった。俺だけが変態なんじゃなくって」

「ンッ、んぅううぅッ！　わ、わたくしはぁ、変態ではありませんでしたわぁ……ハンッ！デズモンドさまにぃ、変態にされてしまったのですわぁ……はぅうんッ！」

「嫌？」

そう訊けば、彼女は俺の腕を掴み、クッと顔を寄せて唇を重ねてきた。ヌルヌルと二人して舌を絡ませ合い、唾液を交換し合って、ちゅぱぁ、と背筋が震えるような響きを残して唇が離れるのだ。その、蠱惑的な熟女のようでも、可愛らしい少女のようでもある艶やかで嬉しそうで、そして愉しそうな貌は、決して忘れられるワケがない。

「嫌ではありませんの。わたくし、デズモンドさまに、染められたいのですわ。デズモンドさまはいやらしい女性がお好きなようですので、わたくしに、たくさん、教えてくださいませ」

するりと肉竿を撫でられれば、ビクビクっとしてしまった。

「嗚呼、イイぞ、シャーロット。それじゃあたくさんエッチなこと、ヤらせてもらうからな」

「はい、ドンと来てくださいませ」

んじゃあ、遠慮なく——と、

「それじゃあ、今からは上に乗ってもらおうか。自分で俺のち×ぽをま×こに挿れるんだ」

「え、えええッ！　そ、それでは丸見えに……」

ああそうか、キャスリンのま×こを見て、意識してしまうようになったんだったな。

羞ずかしがるシャーロットには、ますます悪いエッチなおじさんの愉悦が昂ぶってしまう。

「それがいいんじゃないか。シャーロットは、俺に染まってくれるんじゃなかったのか？」

「う、うぅう……、わたくし、さっそく後悔しておりますわ」

「そう言いつつも跨ってきてくれる君が好きだ。愛してるよ、シャーロット」

「こ、この場でそんなことを言われても嬉しくはないですわ！」

「でも、シャーロットの割れ目からエッチなお汁が垂れるくらい悦んでるみたいだけど？」

「や、やぁあああッ！」

俺の腰の上に跨りながらいやいやと頭を振るアラサーの美女嫁。プラチナブロンドのウェーブがかった髪が紗那紗那《しゃなしゃな》と揺れ、エメラルドの瞳がうりゅうりゅと潤んでしまう。少女に強制しているようでとてもとてもキますた。

しかしその豊満に成熟しきった肉体は、少女のように瑞々しくも、熟女の肉惑が混在していた。

アンビバレントな二項を両立させる要因は――ウン、魔法だ、魔法に違いない。こんなの、そうじゃなければあり得ないだろ。

むっちりと綺麗な輪郭で膨れ上がったたわわだって――薄桃色の乳首は繊細な輪郭でもモリッと乳輪から盛り上がって、その果肉の大きさなのに腰はキュッと括れて、子供を産んでいないのが勿体なさすぎる安産型の尻周り。ムチッと肉付きが良くともスラリと伸びていくおみ足、そして中心には濃いめのプラチナブロンドアンダーヘアー……。

イッツアファンタジー。シーボディイズファンタジー。

あれ？　何か違う？　イイんだ、英語は雰囲気で伝わるって聞いたことがある。

と、マジマジと彼女の見事な肉体《ぜっけい》に見入っていれば、

「そ、それでは、いただきますわ」

――いただきますわいただきました。俺、いただかれます。

シャーロットはふるふると花のように羞じらいながらも、ソッと俺の肉棒を持ち上げると、

「ンッ、やぁあッ！　これ、ひ、広げられてるのまで見られてッ！」

「もちろん、昂奮しまくったシャーロットの恥ずかしいお汁がタラタラ零れてくるのも丸見えだ」

「い、意地悪ッ！　意地悪ですわデズモンドさまぁッ！　ンッ、ふぅううッ！　あぁッ！　たくさん這入って……、ンッ、んぅううッ！　ぜ、全部這入りましたわァッ！　で、ですが、

これ……、今までより……」

「奥まで這入るだろ？　先っぽが、シャーロットの方からキスされてる」軽く腰を上げて小突いてやれば、

「ふひぃッ！　ヤァッ！　ふぁあああンッ！　だッ、駄目ぇですわぁッ！　眼、眼の奥が、バチバチしちゃいますのぉッ！」

ぶるぶると震えるシャーロットだけど、

「でもな、シャーロット、俺は最初の一回だけしか動いてないんだ。はしたなく咥えた俺のち×ぽに、くねくねと腰を動かしてるのはシャーロットの方だぞ？」

「ふぇ？」

と、キョトンとした顔は俺の胸と股間にクリティカルヒット！　思わず射精してしまわなかった俺、自分で自分を褒めてやりたい。ただでさえキュンキュンと媚肉が絡みついてきて、ねろねろとザワつきながら子種を搾りにかかってるっていうのに……。

シャーロット、ますます具合が善くなってる！

「この、甘えん坊ま×こめ！」

「ふゃぁあああンッ！　デズモンドさまぁッ！　そのような名称をつけないでくださいませェッ！　ンッ、んぅうンッ！」

軽く腰を揺すっただけでこの反応。もうたまらない。だけど、

「今はシャーロットが腰を動かすんだ。自分の善いところを擦ってみてくれ」

円を描くように腰をくねらせた。

「はぅッ、デズモンドさまは意地悪ですわぁ。でも、仕方がないですわね。わたくしも由緒正しきテラス伯爵家の次女。口にした言葉はきっちり守りますわ」

そこに生家の名前を使うと怒られないか？　しかし、

「わたくしを、染めてくださいませ、変態さま♥」

ガツンッ！

とおっぱいで頭を殴られ、ガッシリと金玉を握られてしまった気がした。「変態」は一部の界隈では尊称だとは言うが、まさか「さま」をつけることでこうも神性を帯びるのか。

シャーロット、怖ろしい娘……。

って感涙に噎び泣く暇もなく、

「アッ、んぅうッ、はぁッ……、デズモンドさまぁ……」

「おぉああ……、シャーロット、すごい、イイぞぉ……」

「はッ、うぅううンッ！」

まだまだ揺くとも、彼女はピンと勃起した乳首の豊乳をゆっさゆっさと揺らし、くちゅくちゅと粘膜同士を擦り合わせて腰を揺すぶってくれた。

――眼福過ぎる……。しかも何よりもち×ぽが気持ち良すぎるぅ……。あぁ……、

とあまりの多幸感、至福に顎を上げてしまえば、

「んぅう……、デズモンドさま、気持ちが良さそうな顔をしていますわァ……」

「それは、君だって……、おぉ……」

「んぅ、だって、おま×こおち×ぽでハメハメされるの大好きですからァ……、ンッ、はぁんッ！」

シャーロット、怖ろしい……（以下略、といっても一文字しか省略してないけど）。

しかし、彼女の真の恐ろしさをこれでもかと味わわせられるのは、この後であったのだ。腰を揺すり、自分の善いところを擦っていた彼女だったが、
ふと気がついたように、俺をまじまじと見た。

「デズモンドさまの顔を見ていて気がつきましたが、これは、わたくしの方が攻める側なのですわね」

6

「ふぇ？」
と、
俺のチキンハートがアラートを鳴らせば、彼女は膝で俺の脇腹をシメて腰を振りたてだした。

途端、彼女の膣壺が柔らかい牙を剥いた。

「ちょッ、うわぁッ！　シャーロットッ！　これッ！　締めつけ、やばぁッ！　しかもこの腰のくねり具合……くッ、おぉおおおぅッ！」

あまりの激感におち×ちんがビクンビクンとしてしまう。

──な、なんでこんな急に、この短時間で、彼女はいったい何を掴んだというのだッ!?　ナニはもうすでにガッチリと掴まれてしまっているけれど？

というかこのうねりと締めつけ具合、マジで巫山戯《ふざけ》てる場合じゃないッ！

だが、

「おぅううぅッ！」と俺は善がってしまうことしか出来ない。

「ンッ、あぁんッ！」とはしたなくも悦に入る俺の妻。「イイお貌ですわぁッ、デズモンドさまァんッ！　……ハァッ！　実はわたくし、お姉さまからこっそりと馬術を習っていましたの。この跨る感覚、愉しいですわ。ハイッ！」

「おっふぅううぅッ！」

俺は馬じゃねェ……、この場合は豚かも知れないけれど……。

この世界の貴族令嬢、乗馬なんて嗜《たしな》まない筈なのに、なぜ……？　そうか、確か彼女のお姉さんは……、

──あぁッ！　駄目だ……、うぅ、うぅう……、我慢できなくなってしまうッ……！

「あぁッ、イイ乗り心地ですわァッ！　デズモンドさま、わたくし、これ、気に入りましたわァッ、ハァッ！　んぅうッ！　ハァイッ！」

もはや俺は目覚めた奥さまの馬として振り回されてしまうしかなかった。ガッシリと脇腹を膝で押さえつけられていれば支配される官能に目覚めてしまうし、腰つきはぐぅいんぐぅいんと一波ごとに上手くなっていってるし、淫らに波打つ悩ましい下腹、ぶるるんばるるんと暴れ躍る魅惑の豊果実、何よりも、汗の飛沫を散らすプラチナブロンドヘアー、見たこともないほどに生き生きとしてイケイケな彼女は美しくって淫ら過ぎた。

——もう、俺このままシャーロットの馬で良いかも知れない。ずっと彼女の馬になりたい人生だった……ひひぃんっ。

「って、そういうワケにはいかないよなぁッ！　好きにさせるかッ！　このぉッ！」

「ひゃぁあああンッ！」

もぎゅっ、と。

その我儘《わがまま》放題に暴れ躍るダイナマイトおっぱいを鷲掴んでやった。彼女の方こそ牝馬のように嘶《いなな》く。俺はもにゅもにゅもむもむと魅惑の牝果肉を揉みまくってやって、ピンッと勃起して挑発しまくってきていた卑猥な薄桃色も、クリクリクリクリとクリックしまくった。

——俺は、この世界で性知識チート無双もするんだ。まあ、彼女こそがラスボスである可能性をヒシヒシと感じてはしまうけれど、こんなところで負けるわけにはいかない。俺の冒険（女体の）は、まだはじまったばかりなんだぁッ！

「あッ、あぁあああンッ！　この馬、主人に歯向かってきますわァッ！」

「いやいや俺が主人だろうがッ！　このッ、躾けてやるぞシャーロットぉッ！　おぉおッ！」

「はぁあああンッ！」

俺は諸刃の剣だとはわかってはいたが、彼女の乳を揉みながら腰を振り立てまくった。

やはりシャーロットの方こそプラチナブロンドの髪を馬の鬣《たてがみ》のように振り乱して、善がり、悶え、キュンキュンと膣襞が締まる締まる。あまりのネットリとした絡み具合は、境界を失くして溶け合ってしまったかのよう。俺は腰を振り立て、彼女のハリのある豊尻を捕まえながら上体を起こして対面座位へと持ち込んでやったのだ。すると彼女は待っていましたとばかりに甘えた声で俺の名を呼び、首に腕を回して縋りついてきた。

俺に暴れるおっぱいを押しつけながら、これでもかと膣内深くに、漲る俺の雄渾《ゆうこん》を招き入れて、本能のままに甲高く嘶きながら腰を振り立ててきた。俺も負けじと腰を打ち込んで、彼女を、最愛の妻をキツく抱きしめながらその耳へと囁いてやった。

それは我ながら悪辣かとも思ったけれども、なんとなくそうした方が善いと思ったのだ。そして、シャーロットは、快楽に善がり狂っていても聞き取ってくれたらしかった。

善しと思って言ってやる。

トラウマを、塗り替えてやるんだ！

──いや、まあ、個人的な欲望がないと言ったら嘘にはなるけれど。

ぐんぐんと腰を揺すぶって膣奥を小突いてやった。絡みつく膣襞の苛烈さは、すぐに射精してしまわないことが不思議なくらい。シャーロットは、承諾してくれていたが──、

「ああッ！　もう、出そうだ、シャーロットッ！　俺の子種汁を、君の胎へとどっぷりとブチ撒けてやるッ！　これで、君を孕ませてやる。孕めッ！　シャーロットぉッ！」

「あぁああアンッ！　ダメェ、駄目ですわァッ！　わたくしは孕めない身、あなたさまの貴重な子種をいただくわけにわぁッ！　アッ、うぅンッ！」

──よっしゃ、シャーロットもノリノリだ。トラウマ克服と俺の欲望に付き合ってくれるデキた嫁だ。そして絶対、シャーロットだって愉しんでるだろ。

「良いんだッ！　子供が出来なくっても、俺が君に中出ししたいんだッ！　シャーロットも、子供が出来なくっても、膣内射精《なかだし》されるのが大好きだろッ！　淫乱だろッ！」

「アァアンッ！　はいぃッ、そう、……ですわぁあンッ！　わたくしはぁ、お胎《なか》……、おま×この中で射精《だ》されるのが大好きな淫乱ですわァあッ！　……デズモンドさまぁッ！　わたくしのおま×こに、デズモンドさまの大事なお種をちょうだいしたく存じますわァッ！　孕めなくてもぉッ！　欲しいのですわぁあッ、アッ、あぁああンッ！」

「おぅううぅッ！　善い吸いつきだ、でもな、俺はシャーロットが孕まなくとも、無理矢理にでも孕ませてやるからッ！　覚悟しとけッ、孕めぇえッ！　シャーロットぉおッ！」

「はぁあああぁ～～～～ンッ！　嬉しいッ、嬉しいですわァ、デズモンドさまぁあッ！」

ギュッと俺に抱きついて、彼女は肉体《そと》でも膣内《なか》でもキツくキツく俺を抱擁してきた。ちょっと、アナコンダとか食虫植物を想像したのは、絶対に彼女には言えないだろう。

――嗚呼、でも、そうした死ぬ前の最期の射精って、気持ち良いに違いないだろうな。

俺たちは熱い息遣いと鼓動を重ね合わせ、キツく抱き合って共に果てていた。

昨夜魔力は使いきっていたはずだったけど、一晩寝たら復活したらしい。滅茶苦茶射精《デ》た――いや？　これ、シャーロットからも魔力、流れてきてないか？　俺に種付けして欲しくって、魔力を使って強制的に射精量を上げているような……？

――ぶるるっ！

ちょーっと怖い気もしなくはなかったけれども、【火球《ファイアーボール》】で焼き殺されるよりは搾り殺される方が――本望です！　ってか、いくら射精するのは俺でも、精に変換される魔力を与えてくれているのはシャーロットの方なんだから、搾り殺されることもないとは思うのだ。――たぶん。

――でも、
と、俺には、不思議な、それでいて驚くべき確信が胸中に訪れていた。或いは、股間のザーメンボールの中に。それは何かって言うと、

――これを続けていれば、シャーロットはいいいいいいいい確実に孕む、ということ。

正直、自分でも何を言っているんだって話だったけれど――昨夜は魔力が尽きるまで睾丸に廻

して射精したっていうのに、シャーロットが孕んだ様子はなかった。だけど、それが功を奏したのかも知れなかった。こうして俺が魔力を廻して、その魔力の籠もった精液を注ぎ込んで、それだけではなくシャーロットの方からも俺に魔力を流して余計に射精させることで、俺たちの間には魔力的な回路《パス》が繋《つな》がったように思えた。そこで、これを続けていれば孕ませられるという実感を得られたのだ。

正直なところ性愛術で孕むかどうかは定かではなかったのだけど——だって単にエッチなことをしているだけだもんな。しかしファンタジーで、尚且つエロスがなかったこの世界。エッチなことに魔力、魔法的な要素を重ね合わせることで、普通は孕めない相手を孕ませることが出来る可能性が高くはなかろうか。それはホルモンの異常や生殖器の構造的な異常を改善出来るってことではあるとは思うのだけど。

——でもなんかこの娘、身体的に異常があるとかじゃあなくって、こういう方法じゃないと孕まない体質だった感じもするのだけれど……、なんでだろうな？

と、真面目っぽいお話はこれで終わり。

俺のムスコはシャーロットの膣内《なか》でビンビンのままだった。膣内射精《なかだし》膣イキ絶頂の余韻で彼女はガクガクビクビク痙攣し、ぷしゅぷしゅ蜜を噴いてふぅふぅと息も荒かったけれども、無意識か、彼女は俺に魔力を与え、俺を求めていた。

だったらもちろん——、

俺は、対面座位で、しがみつく彼女を抱きしめたまま、覆い被さるようにして押し倒した。

「あぁあ、デズモンドさまぁ、まさか、まだこのままわたくしを犯そうとぉ……」

――ヤベェ、この娘あれだけイったのに意外に元気だった。

ああ、でも、それならその方が善いな。ちゃんと反応してくれた方が……。

俺はイケメン貴族だが〝異端〟の黒い目で、シャーロットのエメラルドの瞳を真っ直ぐに見詰めてやったのだ。彼女の潤んだ瞳には今世の俺の顔が映っていた。――ウン、自分でもぶん殴りたくなるくらいの甘いマスクだ。だけど、彼女につり合うならこれくらいは必要だろう。

「そうだ、シャーロットが魅力的なのが悪いのだ。私はこのまま、君を犯しまくりたい」

「あぁ、そのようなことをされれば、わたくしは壊れてしまいますわァ」

「ふふ、これだけされて元気なら、私の方が先にヤられてしまうだろう。この、淫乱」

コツンコツンと膣奥を、まるでバカップルがツンツンと頬っぺを突つくようにして小突いてやった。すると満更でもないどころかノリノリで、膣肉は男根を抱擁して、

『なら早く寄越せよ』

とばかりに搾りにきた。

――これ、シャーロットを孕ませるためにはマジでリットル単位でザーメン要るんじゃねぇのか？　怖ろし過ぎる考えが脳裏に去来してしまう。

が、

それでも、それならそれで、何も考えずにシャーロットとヤりまくれるって思う俺は、間違っているのだろうか。

「ハァン、はやくぅ、もっと、もーっとおま×こ、おち×ぽでハメハメしてくださいませぇ。デズモンドさまのお種をぉ、わたくしの淫乱おま×こにぃ、たくさんたーくさんお恵みくださいませぇ。お種を、ちょうだいしたく存じますわァ」

……いや、間違ってないどころか、そうやって己を奮い立て、俺は無理にでも腰を振りまくらなくてはならないだろう。

「まったく」

と俺は甘い苦笑を浮かべ、シャーロットのしなやかな太腿を大きくV字に押し上げながら、腰をずぽずぽと振り立てはじめてやるのである。

「やぁああッ！　ダメェえッ！　デズモンドさまぁあんッ、これ、丸見え、おま×こ、おち×ぽでハメハメズボズボされてるところ、丸見えですわああッ！」

スゲェ悦んでるよ。しかも滅茶苦茶膣うねってるよ！

――パパになるってたいへんだ。だが、頑張る価値はありまくりだッ！

「いくぜシャーロット」

「来てくださいませデズモンドさまぁッ！」

俺たちは、そうして朝の第二ラウンドに突入――、

「ストップです」

と、そのとき、涼やかなメイドの声が介入した。

「…………」

「…………」
ギ、ギ、ギ、ギ……、
俺たちは、二人して軋むような動きで扉へと眼を向ける。そこには……、

「奥さまをお愛でになられることはたいへん結構なことと存じますが、起床予定時刻はとっくに過ぎております。朝食は冷め、他の使用人たちを誤魔化すこともそろそろ限界となります。申し訳ございませんが、もう起きてはいただけないでしょうか」

「…………」

「…………」

「はい、ごめんなさい」と俺は思わず謝っていた。

涼やかな美貌に細めの目つき。流石に旦那さまを睨みつけるなどあるワケないとは信じたいが、その眼の細さと後ろめたさから、どうしても睨みつけられているように思えてしまう。それが、いくら無表情気味であったとはしても。

奥さまに圧し掛かる旦那さまと、嬉々として組み敷かれていた奥さま。その盛《さか》った馬鹿二名の痴態に、シャーロットの専属従者であるメイドのキャスリンは顔色一つ変えることもなく、而して、この諫言《かんげん》は絶対に聴き入れてもらうぞとばかりに、まるで氷か影ではないかと思えるような様子でそこに立っていた。

…………。

「ひ」と奥さまの頬が引き攣れた。

——あ、ヤベ。俺も、キャスリンも、慌てて耳を塞ぎにかかった。

「ひぃやぁあああ〜〜〜ッ！」

まるで破壊音波のような奥さまの羞恥ボイスが、朗らかで淫らな朝の寝室を、ミシミシと震わせていた。

第3章　転生領主の新たなる日常

1

俺の執務室に、妻とメイドなどいない筈《はず》だった――。

◇◇◇

かつて、俺がまだ自分が転生者だと思い出していなかった頃の話をしよう。

午前は領主館の執務室にて、領主の仕事として、政務官より上げられた書類に目を通す。税収、農作物の出来不出来、盗賊、街の治安問題、魔物の出没状況、討伐隊の手配……etc. 書類に不備がなければ署名し認可してゆく。

そうして上げられてくる書類を見て常々思ったものだ。

俺がこの《アルドラ領》に封じられてから八年。ここも随分と豊かに、そして平和になった。

元々は痩せ衰えた不毛の土地であって、以前の領主たちからは捨て置かれていたのだが、俺の発明した新たな農地法によって今や喰うに困る者もない豊穣の土地となった（まあ、農地改革というか肥料だろうか？　肥料にしたモノはいっぱいいた）それに、領主直々に領民をねぎらうことが、想像以上の良い効果をもたらした。確かに、うちの領地では喰わせるべき人口も少なくはあったが、それでも、俺の手腕は褒め称えられても良いものだろう。

加えて、俺は魔力で動く防衛装置を考案していた。

それが十二分に稼働している報告を見て、俺はいつも満足して頷いたものだ。防衛装置により、村々は効果的に外敵から身を守って、盗賊、魔物が出たところで返り討ちにし、報奨金で潤いまでしていた。

そうして書類を見ていけば、そろそろモアレ村の装置に魔力の充填が必要であることを知る。

平民の中にも魔力を扱える人間はいるが、貴族とは比べようもない。俺はいつも、視察もかねて手ずから魔力を補充に行っていた。だからスケジュールを確認し、モアレ村へと向かう予定を立てるのだ。執事に命じ、馬車、護衛の準備、先方への連絡等をさせる。

と、このように執務をしていたワケだが、これはこの世界の貴族としては随分と〝異端〟なことであったらしい。

通常の貴族のスタンスとしては、下々の者は（殺さない範囲で）ただただ税を搾り取る対象であって、俺のするような心配り、職務を行う者は皆無なのだ。そして真っ当な貴族の主な務めは、自領の防衛、或いは侵略戦争による領地拡大、何よりも貴族社会に於ける政治的駆け引き。平民に関するものは政務官が行い、気にすることは税収、それが下がれば政務官をクビにし、ただただより容赦なく税を取り立てられる政務官を新たに起用する。

すべてがすべてそうかと言えば、いくら貴族でも却って自分自身の首を絞めるだけとなるから、牽強付会には言い切れないが、大貴族になればなるほど、領民を人間ではなく、財産を生む労働力程度にしか思わない傾向は強まるのは事実である。遺憾には思うが、この田舎の土地の領主にとっては、それは対岸の火事、雲の上の出来事であって、なんとも出来ず、そもそもどうしようとも思えない。

何せ俺の望みは、この領地を平和裏に治め、平穏に暮らすことであり、一番には、愛する我が妻と甘い生活を送れること。それだけであったから。

しかし、残念ながら当時の彼女との生活は冷え切っていた。

子を孕まず、嫁ぎ先から戻され、そして、俺がこの領地を治めるようになったと同時に結婚した妻シャーロット。俺とて彼女を孕ませる方法を探してはいたものの、結婚してからこのかた八年、進展はなく、俺たちの間の越えられない溝は年月と共にその深さを増していた。このまま彼女の沈痛が晴れることはなく、いつか彼女の生家であるテラス家、或いは別の都合の良い家から養子をもらい、俺たちは自身の子を残すことなく消えていく……。

ふと窓から外を見れば、雲があれどもそれなりに晴れた空。あれがこれまでの俺の生活であり、これからの生活でもあるのだろう。俺はため息を一つつき、再び書類へと取り掛かる。

それがかつての俺、デズモンド・ダムウィードの普段の職務であり、仕事場であったのだ。

◇◇◇

――筈だったんだけどなぁ……。
いつもは独りだけの俺の執務室《サンクチュアリ》、用がなければメイドもバトラーも呼びはしない。それなのに今日というこの日は――、
チラリ、
と視線を向ければ、彼女の方もチラチラと俺を見ていたようで、ふふ、と柔らかく微笑んでくれた。
まるで柔らかな花畑。ウェーブがかったプラチナブロンドへアーに、大きな大きなエメラルドの瞳。一つ年上の二十九歳とは思えないほどに童顔で、白磁のような白頬には花びらのような朱が差している。
我が最愛の妻で俺の性愛術と称した性テクニックでメロメロになってくれた女性、シャーロットだ。俺の性テクニックなんて、ほぼ経験値ゼロの童貞に近いものだったのに、この世界の女性が性的攻撃に弱いのか、或いはシャーロット自身が淫乱だったのか……。
しかし、そんなことはどうでも良くなるくらいに彼女は可愛らしく愛おしい。ここが仕事場で

あろうとも、そうやって微笑まれれば俺だって、微笑み返さざるを得ないのである。

前世の俺であればつり合わないこと甚《はなは》だしかっただろうが、〝異端〟の黒髪黒目ではあるけれど、今の俺は自分で自分を殴りたくなってしまうような甘いイケメン貴族マスク。

つり合っている、筈だ！

そして普段とは違ってこの部屋にいる人物がもう一人――、
黒のロングスカートに白いエプロンのクラッシックなメイド服姿。後ろ頭でアップにまとめられた赤髪にはホワイトブリム装備で、背筋をシャンと伸ばした見事な姿勢。シャーロットが命じる前に紅茶のお代わりを注ぐ優雅な立ち居振る舞いは、由緒正しい貴族令嬢の従者として申し分なく洗練されていて隙がない。その道を極めた者の振る舞いは型があろうがなかろうが美しいものだと聞いてはいたが、彼女のものはまさしく〝それ〟。

テラス伯爵家よりただ一人、シャーロット専属の従者としてついて来た彼女の名前はキャスリン、――今年で二十六になるらしい。この三人の中で彼女が一番年下ではあるのだが、彼女こそ一番年上のように、俺には思えてしまう。

領主の執務室にメイドが控えていることはおかしいことではないハズだけど……、

――オイ、そこの二十九歳児《シャーロット》よ。さも当然とばかりに柔らかいソファーに優雅にゆったりと腰を下ろし、ポリポリと（音はなく）クッキーをお食べになり紅茶も優雅に嗜《たしな》まれているがな？

ここは領主さまの執務室で俺は仕事中だってこと、ちゃあんとわかってるんだろうな？　俺は今すぐに書類仕事なんてほっぽりだして君の椅子という職業に永久就職してしまいたい気持ちに苛《さいな》まれているのだがぁ？（なんならベッドでも毛布でも構わない）。

まったく……。しかし、まあぶっちゃけ、ちょうど良い感じで気は和むのだけれども。そう、あれだ。ハムスターを眺める気分だ。しかし滑車を回すハムスターとは違って、先日からのベッド運動は別にしてシャーロットが体を動かしているところは見たことがない。あの見事にむっちりとして均整のとれた躰は、それでどうやって維持されて……？

と思えば、俺はすぐさま気がついた。その大きな胸の袋。余分な栄養分は、ハムスターの頬袋よろしく胸の脂肪袋に溜め込まれているに違いない。ちなみにキャスリンは、とメイドに目をやりかけ、ソッと目を逸らす。

――そうだよな、体形は人それぞれだし、おっぱいに貴賤《きせん》はないもんな（悟った目）。良し、シャーロットよ、ジャンジャン喰えばいい。おじさんはニヤニヤしながら君の蓄えを今夜もまた堪能させてもらうとするからな。

と、仕事中にも関わらず注意力散漫で頬が緩みそうになってしまってはいたのだが、まさかこんなことになるとは、と、しみじみともしてしまうのであった。

この二人がそろって俺の執務室にいるなどと、離婚の申し立てのときくらいしかないだろうとは思っていた。もしもそんなことをされたら俺は生きる気力を失ってはしまうだろうが、こうなったのは今朝、食堂で朝食を済ませ、さてそれでは仕事をしようかと思った矢先に、

——デズモンドさまのお傍にいてはいけませんの？　お邪魔は致しませんわ。

と、シャーロットが目を潤ませておねだりしたからだ。

『パパの仕事場について行っちゃ駄目ぇー？　邪魔しないからぁー。わたくしパパと離れたくありませんのー。やーあー。いっしょにいましゅのぉー！』

そんな幻影が重なってしまうまでの、二十九歳児のおねだり甘え翠眼《エメラルド》で見詰められれば、

『仕方がない妻だな、いいだろう』

ってならないやつは、よっぽど人間の出来た聖人君子か、或いは血も涙もない鬼畜しかいないと思うのだ、ウン。そしてその二十九歳児の専属メイドも、

『旦那さま、僭越《せんえつ》ながら私からもお願いいたします。

旦那さまのお仕事は政務官殿が報告された書類の確認であると伺っております。旦那さまは事業の企画立案には眼を見張るものがございますが、実際の進行、運営については政務官殿が旦那さまの発注を受けて進めていくご様子。逆に旦那さまが政務官殿より受け取られて提案した改善案は尽《ことごと》く棄却され、企画立案以上には事業には携《たずさ》わっておられないと聞き及んでおります。書類にサインする以上のお仕事といえば、これからの予定を立てることが主。それも政務官殿は書類の色を分けて作られ、そのスケジュールが組まれているかどうかも政務官殿が確認なされます。

こう見えましても奥さまも貴族のご令嬢、共に同じ部屋にいるだけで話しかけたり邪魔をしたりは致しません。旦那さまの仕事内容からすれば、ご迷惑はおかけしないと思われます。

本来の貴族の仕事である、貴族同士の書簡のやり取りは、旦那さまはほぼしておられないご様子。もしもそのような多大なご神経を使われる仕事が入っておられるのであれば、奥さまも流石に引き下がられましょう。

奥さまもこの提案をなされたのは、旦那さまの仕事内容を知っていたからでございます。旦那さま、奥さまが旦那さまと共にいたいという願望、叶えてあげてはいただけないでしょうか。メイドの身でありながら差し出がましい進言、失礼しました』

…………………。

――こ、このメイドぉ……慇懃《いんぎん》で優雅な所作で頭を下げれば全部許されると思うなよ!?

馬鹿丁寧に真面目に言ってるけど、要するに『旦那様のお仕事らしいお仕事は、有能な政務官殿の仕事を承認するくらいなのですから、奥様の願いを叶えて下さい』と言ったも同然だ。そういうのを慇懃無礼っつぅんだからな? しかもさり気にシャーロットをディスってたような……シャーロットは気にしてないみたいだけど……。

そして性質の悪いことに、彼女の言っていたことはすべて本当であった。

――俺だって、俺だって頑張ってるんだ……でも、政務官殿《あのひと》が優秀すぎて……。

若くしてアルドラ領の政務官に就任した女性政務官は、どうしてこんな田舎に、と思わざるを得ないほどに優秀で、よくよく聞けば、元はその優秀さで〈王都〉でバリバリ働いていたというのだが、有能過ぎて、女のクセにでしゃばるなという、クソみたいで禿げた防衛装置が働いたらしいのだ。嫌だよな、旧態依然《アンシャンレジーム》、見栄ばっかりの無能な上司。

そして彼女はここに飛ばされ、しかし彼女にとっては自分の能力を十全に発揮できるということで、もはや王都に戻るつもりもなく、領主が口出し、手出し出来ないほどの完璧な仕事をやってのけているというわけだった。

そして俺の領主としての仕事は、内容を確認してオッケーサインを出すことだけにされていたのである。

ん？　俺？　俺が彼女を疎ましく思わないのかって？

――なんで？

自分より優秀なら、彼女に仕事をしてもらった方が確実じゃあないか。まあ、こっちの方がいいんじゃない？　と言ったら、比べ物にならないほどに良い代案を出してくれるのには、色んな意味で閉口せざるを得ないのだけれども。

それから、貴族の社交だけど、俺は別に出世に興味ないから書簡のやり取りは積極的にしてないだけで、決して友達がいないワケじゃあないんだからな。ちゃんと……と、ときどきお手紙のやり取りをする貴族だっているんだもん……。

だからキャスリンの言う通り、ぶっちゃけ神経を使いまくるような仕事は俺に来ないのであって、シャーロットとキャスリンがこの部屋にいようとも、仕事の上ではなんらの支障もないということは、覆しようのない事実なのではあった。

——自分で言っていて悲しくなってしまうけれど。

ってかこのメイド、差し出がましいどころかメイドの身で旦那さまの仕事の内情をなんでそこまで把握してんだよ。君がただのメイドではないことは知っていたけれども。ほとんど話したことはなかった筈なのに。

しかし、それも考えてみれば至極当然のことではあった。

テラス伯爵家から一人、シャーロットについてやって来た専属メイドのキャスリン。ただのメイドであった方が驚きだ。俺の『チキン感覚《センス》』も、このメイドからは強者の匂いを抜け目なく嗅ぎ取ってはいたし、そういう報告も執事長であるランドルフから受けていた。

だって、今はこうしてシャーロットの後ろに影の如く控えてはいるのだが、視界に収まってはいても、キチンと意識を集中させなければそこにいるのかどうかすら、見落としてしまいそうになるほどなのだ……。

まさかスキル「気配遮断」を持つメイドだとは。メイドの必須スキルは主人の気持ちを読んで最高のお世話をする「気配察知」のハズだろう。これでは暗殺者《アサシン》じゃないか。

——ぶるる。

まあ、確かに？　奥さまの気持ちは読みに読んでいるけれど？　もうちょっと旦那さまの気持ちも読み、奥さまにオフィス悪戯《セクハラ》をするために二人っきりにしてくれるとかしていただきたいものである。まったくまったく。シャーロットをお膝に乗せて悪戯しながらであれば、仕事も三倍速くなるに違いない。

そもそもこのメイド、この屋敷に勤めてはいても、その主はシャーロットなので、決して俺の味方じゃあないのである。主のためにその旦那である俺に諜報活動をしてもおかしくはない。

――まったく、こんな小娘に良いように諜報活動されて、『灰色の猟犬』の名が泣くぞ？　ランドルフ執事長よ。

と言いたいところではあるのだが、彼のことだから知られても構わない情報を知られる分には泳がせているという方が正しいのだろう。俺に報告、連絡、相談は一切なかったけど……。確かに、お爺ちゃんは勝手に動いていてくれた方が十全に能力を発揮できるだろうし、彼の本当の主は俺の親父だ。彼は俺の護衛兼執事長とは言いながら、監視役でもあるのである。

俺の周りには敵もいなければ味方もいねぇ……。

――いいもん！

シャーロットが俺の味方になってくれたから！　俺はシャーロットの赤ちゃんになって甘え倒すのだ！　しかし、その、俺の母になる筈だった女性まで、キャスリンの肩を持つのだ。

『申し訳ありませんわ、デズモンドさま。キャスリンに悪気はないのです。それにキャスリンも、本当に言って良い事と悪い事、相手、場所はわきまえておりますのよ』

シャーロット《ママ》……、それ、俺の傷口に容赦なく刃を突きたててぐりぐりしてるからね？

しかし、その通りだ。このメイド、しれっと、悪びれも悪気もない涼やかな貌《かお》のままで、慇懃で無礼であっても、皮肉と嫌味に抵触しない絶妙なルートを抜けて行きやがった。なんて見事なハンドルさばき。峠の急カーブも絶妙なドリフトで抜けて行ってくれるに違いないのである。シャーロットを堕としたらもれなく専属メイドとの接点も増えたのだが、俺、この娘と上手くやって行く自信はないぞ？

——下手をすると危ない性癖にも目覚めてしまいそうだし……。

そして、その最愛のシャーロットは、

『ですが、キャスリンがデズモンドさまにそうした言葉を使うとは、キャスリンもデズモンドさまに気を許しはじめているということで、わたくしも嬉しいですわ』

などと、本当に嬉しそうに、柔らかく微笑んでいた。その顔には俺も気が緩みそうにはなってしまう。しかし、

——それ、いいのか？

旦那さまとメイドの距離が近づいて、旦那さまが思わずメイドに手を出したりしてしまう心配とか、しないのか——、と、そこまで思って。

ああ、そうか、と俺は気がついてしまった。

い、い、い、い、い、い、い、い、い、い、

きっとキャスリンは平民出なのだ。魔法が使えると聞いてはいるし、幼いころからの従者ということでシャーロットは彼女を気の置けない相手としているけれども、身分的な部分はあくまでそうした扱いらしい。

シャーロットも、やはり由緒正しい貴族令嬢ではあるのである。

――だからこそ、俺もこの八年間、あんなことをやれてきてしまったのだし……。

しかし、それでも同じ屋敷にいるメイドたちに手を出したりはしていないのだ。流石に顔を合わせる相手をもしも孕ませてしまえば、シャーロットに対して気まずいどころじゃあないからな。

と、俺が勝手に納得していれば、

『ですがデズモンドさま』シャーロットは急に真面目な顔をしだしていた。

そのような顔をされれば俺とて緊張してしまう。甘えてふにゃけた様子がピリリと引き締められれば、彼女は気高く、そして気位の高い貴族の令嬢と化してしまうのだ。前世庶民の記憶を思い出した分、いつも以上に気圧されそうになってしまう。

『キャスリンのことですから、まずないとは思いますが、もしもデズモンドさまのご気分を害されるようであれば、罰はわたくしにお与えください』

――ほう！

大丈夫だよな、俺、思わず鼻の穴膨らんでなかったりしないよな？

『旦那さま、いやらしい顔をされておいでです』

『ぐッ……』

メイドめぇ……、そっちがそうくるならいいもん、お前のご主人さまに折檻《いたずら》してやるのだから。

――いや？　まさかまさかとは思うのだが、彼女、俺にパスをくれた……？

今朝のことだって、あれも一種のパスには違いないだろう。

いい、しれっと無表情に近い貌《かお》だけど……、

『……いいぞ。静かにしてくれていれば、私と共にいて構わない』

『ありがとうございますわ、デズモンドさま』

満面の笑みの嫁には、俺も良いことをしたと思えてしまうのである。そして心の中ではいやらしい笑みも……。後で、──わかっているね？

──と、いうワケで、彼女たちは俺の仕事場、執務室に陣取っているわけだ。ちなみに俺の執務室にはソファーはなく、厚手の絨毯の上に俺の書斎机が置かれ、左右には書類の詰まった棚、というシンプルな内装の部屋に、キャスリンが一人で奥さまのためにソファーと小さな机を運び込んだのだ。一人で！（大事なことだから二回言った。やはり彼女は魔法の使い手だ）

そうして、二人して訪れていたのであった。

2

時間は戻って今朝の出来事からも、デキるメイドの所業をお伝えしたい。俺が仕事を始める前に起こった出来事を順に詳しく思い起こしてみようではないか。

『ひぃやぁあああああ～～～～ッ』

と、まるで破壊音波のような奥さまの羞恥ボイスが、朗らかでも淫らな朝の寝室を、ミシミシと震わせたのと同時に、俺は咄嗟に、キャスリンから剥き出しの妻の躰を隠そうと、グッと腰を押し込んでキツく抱きしめ、そしていっしょにシーツを被《かぶ》っていた。

いくら俺たちの最初の情事を、彼女がクローゼットの中ですべて見ていたとしても、俺は妻を守るべきなのだ。愛しの奥さまは『はぁあん（はぁと）』と悩ましい声を上げられ、奥までミチミチと挿入された旦那さまの雄渾《ゆうこん》をぎゅきゅっと襞肉で締めつけて、恍惚とした表情をされていたけれど。しかもくねくねと淫らに腰を動かしだし、シーツで隠されているとはいえ、キシキシと蟲の声のようにベッドが哭《な》けば、ナニをされているかはキャスリンには丸わかりだ。

——俺が隠した意味はないよなー。

だが、そんなあられもない俺たちに、キャスリンは冷静に顔色一つ変えずに、

『私は先に行っていますので、お二人とも、再びそれ以上に烈しく交わることがないよう、食堂へいらしてくださいませ』

慇懃に、優雅に頭を下げると、そのまま扉を閉めて退出してしまった。

そこで何か気が付いたように、俺の下の奥さまは『あうあう……』と言っていたのだが、メイドへの一種の露出プレイによって羞恥しているのだとしか思わなかった俺は、びゅっと奥さまの奥深くへと射精させていただいたのであった。

――で、奥さまが本当に狼狽えた理由とは、

『デズモンドさま、その……キャスリンを行かせてしまわれると、……わたくしは、服を……』

貴族の令嬢たる彼女は、普段の着衣、脱衣はメイドに頼んでおり、自分ではどう服を脱いだり着たりすれば良いかわからないということだった。

まさかあのメイド、俺にシャーロットの服を着させるためにしれっと俺たちを置いて食堂に行ったってことか……。

なんてデキるメイドなのだろうか！

その、自分で服を着られない二十九歳児は、せめてショーツは自分で穿くとのことだったので、

『どうして脱ぐのよりも穿く方が恥ずかしいのでしょう？』

と頬を赤らめる奥さまの着衣をガン見させていただいて、その後はブラからはじまり、ブラウスのボタンを留め、スカートを穿かせるのまですべてこの手でヤらせていただきました。まったく旦那冥利に尽きるが、そんな簡単な服ですらこのご令嬢は着られなかったのだ。

本物《マジモン》の貴族令嬢、恐るべし……。

その豊満なおっぱいをいつもどうキャスリンがブラに収めているのかを、自分で服も着られない貴族令嬢から逐一訊き出しつつ、ワザと揉み揉みしながら収めて整えてあげるのは旦那としてこれ以上ない役得であったと言えた。

ちなみに、ブラウスのボタンを留めながら、

『朝は私がボタンを嵌め、夜も私がこのボタンを外すのだな』

と、親爺っぽいつぶやきをつい漏らしてしまったが、

『〜〜〜〜〜〜ッ！　…………はい……』

プシューッ、
と、二十九歳児は顔から湯気が立ちそうなまでに赤らんでしまい、そのボタンを、すぐにまた外しそうになる衝動はなんとか抑《おさ》えつけた。

『デズモンドさまに服を着せていただくなど、お手数をかけさせて申し訳ありませんでした。じ、自分でも出来るように覚えますので……』

『私としては、覚えてもらわない方が良いのだが』

『あ、あああ……』

——ウン、可愛い可愛い。

ぷるぷると震える華奢な肩を抱き、軽く、ぷるんとした唇へと唇を重ねておいた。

トロンとして赤らんだ貌《かお》で見詰められれば、また押し倒したい衝動に駆られそうになったが、なんとか舌を絡めるくらいで自重した。

そして俺たちは仲良く手を繋《つな》いで食堂を訪れたのであった。

◇◇◇

なんて、余計なことを思い出すこともありつつ、俺は午前の執務を終えた。

「ふぅ」と息を吐きつつ羽ペンを置いて、俺はキリッとした顔を作る。そしてシャーロットを真《ま》っ直《す》ぐに見て。

「それではシャーロット、スカートを捲って私にショーツを見せるのだ」

「ふぇえッ!?」

と、顔を赤くして驚く愛しの我が二十九歳児は、可愛さ平常運転だ。

「ど、どうしてですの……？」

俺の発言にシャーロットはチラリとキャスリンを見たが、キャスリンは涼やかな美貌で動じてはいなかった。少なくとも表面上は。

——良かったー、内心はどうかわからないけれども、もしも睨みつけられたりしたら罰を与えられなくなるところだった。だって俺、チキンだもの。

俺は平静を装い、そして精いっぱい重々しさを装って、

「それは今朝シャーロットが言っていたではないか。キャスリンが粗相をすればシャーロットが罰を受けると。その時、キャスリンはメイドの身分でありながら、私の顔をいやらしい顔だと言っていた」

まあ、自覚はあったのだけれども。

その下手人はしれっとしていて、メイドの代わりに罰を申しつけられた奥さまは、

「ふぇ……？　まさか、これがお仕置き……？」と、眼を大きく見開いてあわあわしている。やっぱり可愛らしい。しかしシャーロット、君、ちょっとどころじゃなくって期待しているよな？　そんな態度を取られたら、止められなくなっちゃうなー。

俺は精いっぱい重々しく……（以下略）、

「そうだ、罰だ。先ほどの失言……、そうだな、スカートをたくし上げたままで五秒、立ち尽くしているのだ」

「そ、それが罰ですの……!?」

シャーロットはすでに顔を赤らめ、スカートに手をかけていた。

流石は我が愛しの淫乱妻、ノリノリだ。

――が、

「しかし、旦那さまがいやらしいお顔をしていらっしゃったのは事実です。事実を申し上げることが罰へと繋がるのでしょうか。いえ、私は今もまたいやらしいなどという言葉を使ってしまいました。まさか、これにも罰を与えると言われるのでしょうか？」

「「――――ッ」」俺たち夫婦は同時に息を呑んだ。

メイドから奥さまに、折檻追加《いたずらおかわり》入りましたー！

お前、キャスリン、やっぱりイイ仕事をするじゃないか……ッ。

当然奥さまからもそんな雰囲気。俺は平然を装って重々しく頷いてやるのである。「そうだな、それではあと五秒、追加しよう。恥ずかしくとも、そして、たとえ私が見ていなかろうが、スカートをたくし上げ続けるのだ。これは、罰なのだから」

「み、見られていなくてもですの……っ」

「そうだ」――ぐふふ、流石はシャーロット、わかっているみたいだな。

凝《ジ》ッと見られることは恥ずかしいが、相手にされないのにスカートを捲り続けるのも、またそれはそれで恥ずかしい。見られる羞恥と見てもらえない羞恥。これを思いつけたのもメイドのファインプレーあってこそだ。

だがしかし、このメイド、自らもゴールを狙うストライカーでもあったのだ。

「旦那さま、直接お訊ねすること、お許しください」

「いいぞ」――って言うケド、君、今更だな？　まあ許すけど……ご褒美だ。それにこのメイド、シャーロットが言うにはわきまえてはいるらしいし、シャーロットの信頼も篤《あつ》いのだ。

そして何よりも奥さまの快楽に対するキラーパス！　だから俺はついでに、

「時と場合はわきまえて欲しいが、君ならば、場合によっては許可なく発言することも許そう」

と、彼女がより能力を発揮してくれる許可を与えた。

「ありがたく存じます」慇懃に頭を下げる所作は洗練されていて惚れ惚れとしてしまう。顔を上げ、キリッとしたブラウンの瞳で見詰めてきた。だが彼女の発言とは――、

「下着を見せる程度のことを、これほどまでに奥さまが恥じらうとは、意外な思いでした……。

確かに、普通は下着を見せろなどと要求することもされることもありませんが、これは旦那さまの性愛術とやらの成果なのでしょうか?」

「ああ、そうだ。性的羞恥心を掻き立てることにより、肉体の昂奮、発情を促して女性を孕みやすくする。シャーロットはまだ開発途中だが、すでにここまでは反応してくれるようになっているのだ」

俺は重々しく、馬鹿真面目に、自分の妻を開発してこうしましたと、彼女を幼いころから知っている腹心のメイドに告げた。自分でも何言ってんだ、って感じだけど。

「デ、デズモンドさまぁ……」

と、俺に開発された奥さまはエメラルドの瞳を羞恥に揺らしていた。そんな貌で頬を赤らめられれば、この滾る愉悦のままに彼女を抱きしめ舌を絡ませ、押し倒して事に至ってしまいたい。だがしかし、ここにはメイドがいるしやはり仕事をしなくてはならないのである。――嗚呼、遺憾である。

だがメイドは、さらに驚きの暴挙に出た。

「そうなのですね。それでしたら、私はデズモンドさまに下着を見せることで、性愛術の何たるかを、その一端であろうとも垣間見《かいま》れるということでしょうか?」

「――――え?」

見れば、シャーロット同様にキャスリンもメイド服のスカートに手をかけていた。

マ!? これマ!?

「旦那さまがはじめて奥さまに性愛術を為されたとき、私がクローゼットの裡《なか》にいたことはすでにご存知ですね。覗き見する形になってしまい、たいへん申し訳ありませんでした」

慇懃に、優雅に頭を下げてくれるデキたメイド。

「いや、キャスリンならば構わない」

俺は、内心の昂奮と動揺を悟られないようにするのでいっぱいだ。

「旦那さまの器の広さに感服する次第です」

——うむ、苦しゅうない。

だけどそれ、器と書いて変態って読んだりしないよな? それは俺の被害妄想かな? と、キャスリンは涼やかな美貌を上げ、細めのブラウンの瞳で俺を真っ直ぐに見詰めてきた。

しかし、ぶっちゃけ直視は出来ないよ? 内容が内容だし。それでも、その顔、たたずまいは美しかった。

まあシャーロットに限らず、この世界は結構美男美女揃いだ。もしも俺が前世の顔のままであれば……、……ウッ、頭ガ痛イ、これ以上は考えない方が良さそうだ。

「あの後、性愛術なるものが本当に、奥さまのように、あれほどまでに乱れるもの、感じるものであったのか、奥さまに少々試していただきました」

ウン、そう聞いていた。それ、メッチャ見たかった。

チラリとシャーロットの方へと視線を向ければ、
カァア、
と、顔を真っ赤にさせていた。だからそんな可愛らしい反応をされると、俺は煽られて、またしても我慢が出来なくなってくる。

「しかし――」とメイドは微かな憂いを示して、「分かりませんでした。そこで、もしも旦那さまに下着を見せることが性愛術に繋がるのであれば、私も試してみたく思うのですが、私も旦那さまに下着を見せることを、ご了承いただけないでしょうか」

「――。よろしい、許可しよう」むしろこちらからお願いしたいくらいである。

「ありがたく存じます」

と、キャスリンはやはり慇懃にして優雅に、丁寧にお辞儀をしてくれた。

…………マジで!?

いやいやいやいや、だってさ、普通メイドさんにパンツを見せてもらうって言えばだぞ？　嫌がるメイドさんに対してご主人さまとして逆らえない容赦のない命令をして、羞恥心に涙ぐむ、或いは嫌悪感を露わにして睨みつけられながら見せてもらうってのが、黄金パティーンではなかろうか？

それが、

『シャーロットちゃんと同じように、自分も下着を見せて感じるか試してみたい』

と、なんと、まるで性を覚えたての女子中学生のように、俺によって性の悦びを教えられたばかりの二十九歳児の奥さまと共に、この二十六歳児のメイドは横に倣《なら》うと言うではないか。

こうしていたいけな少女たちは、悪いおじさんからイケナイことを教えられ、道を踏み外し、性の対象として搾取されていってしまうものなのか。この世の闇を見た！

って、冗談は置いておいて（冗談にはなっていない気もするが）、メイドへの罰を肩代わりして俺にパンツを見せてくれる最愛の妻と、せっかく肩代わりしてくれたのに、「それってどんな感じなの？」と主人に倣って自主的にパンツを晒してくれるという鑑のようなメイド。

俺の方こそ、中学生の若かりし頃に戻ったかのような、新鮮なドキドキを抱いてしまうものである。

俺は執務机でワザとらしく両手を組んで肘をつく、所謂「司令官の構え」を取って黒い眼を炯々と光らせ、頬を羞恥に染める妻と、何を考えているのかわからない無表情に近い顔のメイドが、二人揃ってそのスカートを捲り上げ、旦那さまに今穿いている下着を曝してくれるのを、今か今かと待ち構える次第なのであった。

3

「そ、それでは、デズモンドさま、どうか、わたくしに罰をお与えください……」

そろそろと、シャーロットが、赤らんだ貌で掴んだスカートをたくし上げていく。

清楚な白いスカートからは、二十九歳の脚とは思えない、瑞々しくすべやかな白いおみ足が姿を現して――しかし、それだけ若々しくは見えても、適度な肉のついた女の脚からは、スカートが引き上げられていくたびに大人の色気が匂い立ってくるかのよう。

――嗚呼、縋りついて頬ずりをしてしまいたい。ペロペロ舐め回して、しゃぶりまくりたい……。

邪な劣情を滾らせて、嫁がスカートを引き上げるのを食い入るように見詰めていれば、

「確かに、そのような、獣のような眼で見詰められれば、何かしら感じるものがあるのかも知れません。旦那さま、こちらも、ご覧になってください」

嫁の幼いころからの専属従者が、メイド服のスカートを引き上げはじめていた。彼女も奥さまに倣って、ゆっくりとだ。一流メイドの鍛え抜かれた「気配察知」は、俺の求めている焦らしの美学を、如才なく感知したらしい。

俺に開発され性欲を教えられた奥さまとは違い、下着を見せることに羞恥を覚えないキャスリンは一気に捲り上げてしまってもおかしくはなかった。だと言うのにこれは……、

――これが、プロの技……。

と、次の瞬間俺は目を見開いた。

奥さまに倣って、そろそろと引き上げられていくメイド服のスカートの下、キャスリンのおみ足は白のソックスで覆われていたではないか！

ドクン！

と、俺のチキンハートはひときわ高い鼓動を鳴らした。

――くっ、くぅううッ！

なんだ、何故なのだッ!?

どうして、生足よりもクるものがあるのかッ！

いやいやいやいやいや、シャーロットの生足よりもキャスリンのソックスの方が善いと言っているワケではないのである。シャーロットの生足は、罰だのなんだの、プレイも侘び寂びもなく、情緒もへったくれもなく今にも襲い掛かってしまいたくなるような剥き出しの悩ましいお肉なのだ！　魅力的でないワケがない。それでも、これは……いや、

――そう、そうなのか。

俺は、目から鱗が落ちる気分であった。

これが、侘びであり、寂びであるものか……。

ジャパニーズ、奥ゆかしさ……。

そのホワイトソックスは、それをこれでもかと体現していたのであった。

裸とは、一種の、有無を言わさない暴力なのだと云う。

確かにその通りだ。シャーロットのような、或いはキャスリン、いいや、そうでなくてもいい、まだまだ生で女の裸を見たことのないような無垢な男性たちにとって、極上の美女が素っ裸で現

れれば、飛びつくよりも怖気づくことの方が多いであろう。だからこそ、たとえ雄々しい槍を掲げようとも、一度も城門を突破したことのない新兵に甘んじ続けているのであろうし。

それでなくとも女が脱げば戦争は終わると言われているくらいだ。

薬も過ぎれば毒と成る。或いは良薬口に苦し（あれ？　話が違う？）。

それをオブラートで包むようにして、而《しか》して繊細なチェリーボーイズを怖がらせず、そして惹きつけるには、これは一種の戦闘服には違いないのである。しなやかな脚を包み込んだ清楚なホワイトソックス。それがゆっくりとメイド服の下から現れてくれれば？　その下はいったいどうなっているのか。そして、その白く神々しい地平は何処まで続いているのか、我が集中力はすべてその足に注がれて――。

――ガーターベルトだとぅぉッ!?

ジャパニーズ奥ゆかしさに感涙していれば、その上には攻城兵器の如き西洋式暗器が配備されていたではないか。もちろん、今朝俺が手ずから着替えさせた奥さまには装備されてはいないが、それでも奥さまの剥き出しの太腿は、手が震えそうになるほどの悩ましさをたたえていた。それに対してメイドのガーターベルトは、さながら奥さまの無手勝流に抗《あらが》いうる武器、暗器術。やはりこのメイドは暗殺者《アサシン》だ。

そして最後までたくし上げられた二人のスカートの下には、
どちらも純白のおパンツさまが――。

二十九歳児と二十六歳の女子中学生。純白の下着が俺の仕事場に曝された。

――くっ……、なんて破壊力なのだ……。

俺の邪な視線は圧倒的白き閃光で焼き尽くされてしまったのではないかと思った。

シャーロットのパンツは今朝穿くところからしてガン見させていただいていたというのに、頬は羞恥に染まり、エメラルドの瞳はうるうると潤んでいる。それに見詰められながらスカートをたくし上げられれば、急搏《きゅうはく》してしまう動悸を抑えようがない。そしてその隣では、清楚でクラシックなタイプのメイド服の美女もスカートをたくし上げてくれているのである。

ホワイトソックス×《かける》ガーターベルト×《かける》純白ショーツ＝《イコール》殺傷力ッ！　もっと扇情的な下着を穿いていたと思っていたのに、あえての王道《オーソドックス》。しかも奥さまとペアなところに、その裏まで想いを馳せさせられてしまうだろう。

そしてこのメイド、羞恥を抱いているらしい奥さまとは違って、普段通りのほぼ無表情のまま。これでは、俺が奥さまにその羞恥心を植え付けたのだという満足感まで抱けてしまうではないか！

堂々とホワイトソックス、ガーターベルト、白パンツを曝してくれているメイドの横では、我が最愛の妻がプルプルと手を震わせながら、白パンツだけのすべやかなおみ足を曝してくれている……。

……なんたる僥倖、なんたる望外の至福……。

このままワインでも片手にくるくる回しながら、小一時間は眺めていたい……。

え？　見てるだけなのかって？

何を言っているんだねチミィ！　この芸術品に触るだなんてトンでもない！

これは触れずに眺めているべき芸術品の類《たぐい》である！

――嗚呼、でも、確かに俺だって触ってみたいとは思うのだ。

エロスとは禁忌の侵害とも言うそうだ。綺麗なものを穢したいという欲望が、こう、フツフツと湧かなくなくなくもないのである。

と、

「デ、デズモンドさまぁ……、もうすでに十秒経ったのではありませんの？」

「はい、私たちを食い入るように見詰められ、もうすでに一分は過ぎております」

なん……、だ、と……？

まだ一分しか経っていないだと？　どうやら二人の美女の下着に目覚めた俺の極限の集中力は、走馬灯じみた時間の凝縮を行ってしまっていたらしいのだ。もう一時間くらいは眺めていたような密度だった！

「でももうちょっと、もっと見てたい。それにシャーロット、一分経つまで声を上げなかった君も同じ気持ちなのではないかな？」

「や、やぁあ……、そんなことはぁ……、デズモンドさまぁ、意地悪ですわぁ……」

そんな発情したような貌と声で言われても説得力ないなー。それに意地悪なのは君の方じゃないのかな？　俺、おち×ちんガチガチになっちゃってるんだけど？　って、

「あ、シャーロット、君、濡れてないか？」

「ひぃあああッ！」

バッ！

と、シャーロットはスカートを下ろしてしまったではないか。

「お、お終いです。お終いですわ、デズモンドさま」真っ赤な貌でワタワタする彼女が愛おし過ぎた。

――しかし、
終わってしまった……。まるで夏の最後の花火のような、しんみりとした寂寞と寂寥感が、俺の胸の裡へと押し寄せてきたのである。

これが、侘びであり、寂び――……、
俺は今の余韻を味わうようにして眼を閉じた。恐らく口元にはまるで悟ったかのような笑みを浮かべ、諸行無常、この世の儚さを噛み締めた……。

「旦那さま、そのように寂しそうなお顔をされないでくださいませ」

と、一流メイドのフォローが。

「何せ、また夜は訪れるのですから」

俺はハッとして眼を開けた。するとそこにはまだスカートをたくし上げたままのキャスリンの姿が映り込んだ。

「…………………キャスリンも、もう下ろしてもいいぞ」

「はい、それでは失礼いたします」

なんでスカートを下ろすのまで優雅なんだろうな。お嬢さまなのはシャーロットの方なのに。

そして先ほどの彼女の言葉、

『また夜は訪れるのですから』

それは、また今日も奥さまと致されるのでしょう？　プレイの続きは寝室でどうぞ。

という意味だ。

――うむ、苦しゅうない。

その奥さまの方を見れば、顔を赤らめたまま俯いておられた。

誘ってんのか？　誘ってんだろオイ！

「では、お仕置きは終わりましたので、奥さまはこちらへ」

「はい……」

消え入りそうな声の奥さまを、一流メイドのキャスリンがお手を取ってソファーへと導いていかれた。それはそこはかとない百合の香を薫らせるものでもあって、

――素敵だ。

くっ、何から何まで完璧じゃないか。

「しかし、君は感じなかったのか？」

ふと思い立ち、俺は台無しになるようなことを尋ねてしまう。するとキャスリンは、ブラウンの細めの眼をこちらへ向けて、うなずいた。

「奇妙な感覚はありましたが、別段意識するほどのものでは」

「ふぅん、そうか……」

ってことは、エロスの存在しないこの世界の住人には、やっぱり実際の行為をしないと羞恥心、乃至《ないし》は性欲を抱くようにならないってことか？

このメイドがそちらに目覚める姿は是非是非見たいところではあったが、俺は、シャーロットが許可してくれない限りは手を出すつもりはない。

そもそも俺はシャーロットがいれば、それで十分だ——と、改めて自分のスタンスを確認するのである。

だが、仕事終わりにたいへんなご褒美だった。

俺が二人のおパンツの余韻を愉しんでいると、

「しかし、デズモンド様は流石ですの。お仕事がお早いですわ」

と、妻が労《ねぎら》いの言葉をかけてくれる。

おお、これはなかなかイイ気分だぞ。だったらご褒美として、スカートたくし上げの上にさっ

きの続きを――、と意気込んだところに、

「奥さま、以前とは言っていることがだいぶ違うのですね」

有能メイドのストップがかかる。

「どういうことだ？　キャスリン」

俺は抑えきれない期待を籠めて一流メイドに尋ねた。

彼女の主人は俺ではなくシャーロットだ。しかし、この一流メイドは、奥さまがお悦びになるパスを放ってくれる。敵の敵は味方――ではなく、味方の味方は味方という、上手いことを言えていないのは置いておいて、キャスリンと俺の利害は一致しているのだった。

「いえ、」

僭越ながら、とばかりにキャスリンは優雅に、慇懃に、奥さまへのパスを投げかけようとして、ついでに、伸びかけた領主さまの鼻を、

――ボキリ、とへし折った。

「奥さまは以前、デズモンドはする必要のない仕事をして、貴族の仕事をしない言い訳にしていると仰っていました。

政務官に任せておけばよい仕事に、必要もないのに手を出し、本来ならば貴族たる者が行うべき仕事、他の貴族の方々との書簡のやり取り、社交の場で交渉事、そうしたものを行わず、その上視察と称して必要のない下々の者と交流を持つ。わたくしは子が産めなくとも、貴族でもな

い男のもとに嫁がされるとは思ってはおりませんでしたわ。わたくしはこの屋敷の門を潜るとき、いっさいの望みを捨てなくてはならなかったのですわね、と。

私がデズモンドさまの日常のご様子をお伝えしたところ、そのように」

「「…………」」

チラリ、と奥さまを見た。

素《す》っ、と、眼を逸らされた。

――――コフッ（吐血）！

「そうか、シャーロットは以前、私のことをそのように……」

そう思われていても仕方のないことではあったけれど、実際に教えられると凹むものがあるな……、まさかうちの門を地獄の門だと思われていたとは……。しかも今、キャスリンは伝聞形にかこつけて俺のことを呼び捨てにしたな？　まあここには俺たちしかいないから、別にいいけれども（いや、よくないか？）。

これはあれか？

い、い、い、い、い、い、い、い、続けて奥さまに罰を与えろと。話した内容といい、そうとしか思えない極上のパスだ。仕方がないな。器の大きい旦那さまはメイドの意図を汲んでやらないと。

と、その、メイドから旦那さまへと差し出された奥さまは顔を真っ赤にしてわたわたと慌てられていた。

――ウン、可愛い可愛い。

これではたっぷりネッチリとお仕置きしたくなってしまうではないか。

「た、確かに、そのようなことを言ったことはありましたが、い、今は思ってはおりませんわっ。デズモンドさまの行いは貴族らしからぬものではありますが、ですが……、そのおかげで……（ゴニョゴニョ）」

「なんだ？　ハッキリ言ってくれなければわからないではないか」

「うぅう……、わ、わかっていらっしゃるクセにぃ……、デズモンドさまは意地悪ですの」

そんなことを言われたらもっと意地悪になるしかないじゃないか。

可愛らしい我が嫁は、頬を初々しいリンゴのように染めながら、ちょっと口を尖らせて、

「デズモンドさまが普通ではなかったおかげで、わ、わたくしは、このように……、可愛がられ、愛されて……うぅう……、し、幸せですわよ、デズモンドさま」

――――コフッ（吐糖）！

蔑《さげす》んでも靡《なび》いても破壊力があるとは、流石は我が嫁だ。

「ですから、デズモンドさまは今まで通りに、煩わしい貴族の社交界に出る必要もありませんし、あなたさまが為したいことを為されれば良いのですわ。そ、その……、わたくしを愛してさえい

てくだされば……」

うん、愛する。メッチャ愛する。

ってかシャーロット、

――魔性だ……。

それでは愛するしかないし、それに、このキャスリン、啼かせるのは良くても、もしも俺がシャーロットを泣かせるようなことがあれば、一瞬で懐に入ってきて、こう、あばら骨の隙間から匕首《あいくち》を挿し込んでくるような気すらするのである。だって、シャーロットの寝室の鍵をもらいに行ったとき、『奥様を玩べば、私が許しません』って、言ってたもんな。

――ぶるるっ！

しかし、シャーロットの煩わしいという言葉にはなかなかに実感が籠《こも》っていた。俺は今でこそ男爵という地位があるが、元々はしがない新興貴族の三男だ。ワザワザ社交界に出るまでもない立場だった。だからシャーロット以外の、貴族の御令嬢たちに会ったことはなかったし、況《ま》してや、噂のシャーロットの前夫にも会ったことはないのである。

そして今も社交界は拒否《ブッチ》！

いいもん！　貴族はシャーロットがいれば！　マジで！　貴族社会なんて権謀術数渦巻くドロドロとした社交界、出ないで済むのならそれに越したことはないのである。

俺なんて馬鹿にされるに決まってるしな！

さて、と、俺はおもむろに執務机から席を立つと、呑気に大きなお尻をソファーに沈めているシャーロットの横に座るのである。

「ふふ、デズモンドさまぁ……」

すぐにすりすりと身を寄せてきてくれる彼女が愛おしい。

しかし、だ。

いくら愛おしくとも、ケジメはつけなくてはならないのである。

その俺の意図を汲んだのであろう、一流メイドのキャスリンは、

「旦那さまのお茶を用意してまいります」

「ああ、頼む。――だが、急がなくていいぞ」

「承知いたしております」

シャーロット専属のメイドは慇懃に、優雅な所作で頭を下げた。赤みがかった髪に乗るホワイトブリムは、まさしく一流の証であった。細めのブラウンの瞳と目配せをし合い、彼女が扉を閑《しず》かに閉めれば、俺はさっそくとばかりにシャーロットの肩へと手を伸ばす。かつての言葉でも罪は罪だ。たっぷりとそのいやらしい肉体に折檻《おしおき》をしてやることにしようではないか――。

――ぐふふ。

と、内心で気持ちの悪い笑みが止まらないのである。

4

二人の部屋を出ると、音もなく、滑るように、なめらかにメイドがデズモンド邸の廊下を行く。

それは幽世《かくりよ》を行くような歩みであった。赤みがかったアップにされた髪、まるで王冠のように乗ったホワイトブリムに、細く形の整った目、スッと鼻筋の通った涼やかな美貌。シャーロット専属のメイドであるキャスリンだ。

その向こうから、同様以上の歩みでもう一人。彼女はその相手へと、微かにだけ更に眼を細める。

「これはキャスリン殿。奥さまはごいっしょではないのですかな?」

渋く落ち着いた声音はまるで熟成されたスコッチのようで、撫でつけられたロマンスグレーの髪に、ふさふさとした眉、口髭。温厚で柔和そうな、皺の刻まれた顔は好々爺《こうこうや》そのものであり、燕尾服じみた執事服に身を包んでいれば、デズモンドが元いた世界であれば、彼から「お嬢さま」もしくは「奥さま」と呼ばれるためならば、どれだけお金を積んでもお店に通うと言うお嬢さま、元お嬢さま方は続出であったろう。

「ランドルフさま」

ランドルフ・スタイナー。デズモンドの生家であるダムウィード子爵家より、デズモンドがこのアルドラ領に封じられた際に伴ってきた執事長であり、そして、護衛兼、監視役でもあった。

旦那さまはご自身の生家からも、

『あいつ何かしでかさないだろうな』

と、問題児扱いされているのではあった。

しかし、デズモンド直属の執事長という役職でありつつも、ランドルフ自身、騎士号を持つ準貴族である。テラス伯爵家次女の家よりやって来た、シャーロット専属メイドといえども、彼のことはさま付けで呼ばなくてはならない。それを、ランドルフの方からは決して強要しないのではあったが。

「はい、奥さまは旦那さまと共におられます。おそらく今は取り込み中だと思われますので、火急の用でなければお時間を置かれた方が善いと、私は愚考いたします」

「ふむ」

と老爺はフサフサの眉を上げげた。その下から覗くのは幾年もの歳月、丁寧に磨き上げられた鉛のような灰色の瞳だ。一種の神秘的な光すら湛えて、鈍く、静かに光を吸う。

キャスリンは平静を装い、自身の反応から何か読み取られないようにと、内心、短剣を取り上げるような心持ちで身構えた。

ただし、この『灰色の猟犬』と呼ばれて怖れられた歴戦のナイトにとっては、自分は赤子のようなもの。意図は筒抜けである可能性は十分に考えられたが。

と、彼は、

「旦那さまは何を考えておられるのでしょうな。それとも、考えられてはおられないのでしょうか」

「旦那さまのお考えが私にわかるはずもありません。奥さまもそうと聞いております」

「ふむ、そうですか。とすると、旦那さまはまた不思議なことを思いつかれたのでしょうなぁ。あの方は子供の頃より変わったことをされるお方でした。そのおかげで私も、こんなところについて来ることになってしまいました。まあ、この老骨にとっては長閑《のどか》な田舎街、余生を過ごす場としてこれほどに相応しい場所もありますまい」

柔和な微笑みを浮かべる彼は孫についてきた祖父のようで、その様子だけを見れば微笑ましいことこの上ない。しかし、
キャスリンは思う。

――何をおっしゃっているのでしょうか。老骨、余生を過ごす？　あなたさまはまだまだ現役ではないですか。

穏やかな老爺と見えても、廊下の向こうからやってきた足運び、今こうして対峙している佇《たたず》まい、何処をとっても隙らしきものは見当たらない。これではもしも隙を見つけたとしても、それが本当の隙であるものか。ワザと見せた罠であるとしか思えない。

それに――、今の問答。同じ屋敷に勤めてはおれど主人の違う使用人同士、自分たちの主人に対するたわいのない会話に見えて、幾重にも張り巡らされた裏があった。

二日前よりデズモンドがシャーロットの寝室に入るようになったことを、この老爺が知らないわけもない。いくら男女の情交がない世界のこととはいえ、だからこそ、その目的が種付けであることは推して知るべし。

——しかし、それならば何故？

とランドルフは思っていた。子を産めないはずのシャーロットに、どうして八年も経って今頃種付けをはじめた？　そして通常の種付けであればローションを使い挿入して射精して終わりだ。泊まることもおかしいのに今朝は寝坊までして来た。

それをこのメイドは、今朝、旦那さまと奥さまは語らいに熱中していてまだ起きては来られない、などと、見え透いた誤魔化しを言った。ランドルフは、もしやシャーロット、或いはテラス伯爵家が、デズモンドに何かを仕掛けたのではないかと思った。

いくらデズモンドに嫁いで来てはいても、その夫婦間の溝は深く、況してや朝まで寝床を共にするなど、そのような言葉は信じられない。しかし、老兵の卓越した観察眼はキャスリンに嘘がないことを見抜き、そして、少なくともデズモンドは害されていないだろうことまでをも見抜いていた。どのような感覚がその判断を可能にするのか、それは彼と同じ次元にいる者にしか分からないであろう事柄だ。

デズモンドに害があったわけでもないのに、テラス伯爵家次女の寝室に有無を言わさずに踏み込めば、下手をすると家同士の問題にまで発展する可能性すらあった。

様子見を選んで正解であった。その後旦那さまと奥さまは遅い朝食に現れ、一般の者が見てはわからない様子であろうとも、ランドルフの観察眼にはとても仲睦まじく見えていた。

だが、ランドルフはそれと知られぬようにデズモンドが洗脳されていないか、乃至はその他魔法をかけられていないかを【解析《スキャン》】していたのだ。

すると、
デズモンドにシャーロットの魔力が混じっているのが感じられたではないか。しかし魔法効果、状態異常の類は見受けられない。それどころかむしろ、状態は良さそうですらあった。

いったい何が……。そこで躊躇いはしたものの、気づかれない深度、やり方で、シャーロットにも軽く【解析《スキャン》】をかけた。鍛え抜かれた老兵の技量を以《もっ》てすれば、いくらシャーロットが旧《ふる》い貴族の令嬢であり、魔法技能に卓越しているとはいえ、平和な籠の中で生き続けてきた彼女には気づきようもなく、そしてそれはキャスリンをも出し抜いていたのである。

その結果を、小さな汗一粒だけで収められたのは、流石はランドルフであった。

――こちらにはかなりデズモンドさまの魔力が混じっておられる……？　しかもこの様子、魔力がお二人の間を行き来している……？

いったい何をすればこのような現象が起こるのか。それはナニであるのだが、流石のランドルフであろうとも何がナニであることには気が付く筈《はず》もない。

老練の騎士は思考した。これは何か。そして分からないのであれば、何のためにそうなってい

るのか。目的を探る。それがデズモンドの考えであるのか、或いは——、
まず確かなことは、これにシャーロットもキャスリンも同意しているということだ。

デズモンド程度の魔法技能では、二人を洗脳する、気づかれずにことを為そうにも無理であることを知っている。デズモンドに対する信頼は絶大である。それならば薬や魔道具なども考えられるが、——そもそも彼はそのような男ではないのである。その逆も……、先ほどの【解析《スキャン》】ではデズモンドにはシャーロットの魔力が混ざっていること以外おかしな点は見受けられなかった。洗脳も、そして毒物、魔道具の類も使われてはいなかった。念のため、【解呪《アンカース》】、【解毒《アンチドート》】、【浄化《ピュリフィケーション》】、【回復《キュア》】……。

とデズモンドにかけてみたものの、変化も手応えも気づく様子もなし。貴族の男子たる者それでいいのか、とポカリとやりたくはなったがそれは堪えた。尤も、彼が反応するまでもないことであるのは認めるが。しかし、それはシャーロットやキャスリンに対しても言えたこと。ならば次に考えることは?

ここで確認しなければならない事項は二つ。

これがデズモンドが主導していることならば彼の意図はなんなのか。そしてその内容に対して、シャーロット、或いはその上、テラス伯爵家が噛んでいるのかどうか。

それが、

『旦那さまは、何を考えておられるのでしょうな。それとも、考えられてはおられないのでしょ

うか』

という問いであった。それに対して、

『旦那さまのお考えが、私にわかるはずもありません。奥さまもそうと聞いておりますす』

がキャスリンの応《こた》え。キャスリンは老練の執事長の問いの真意を正確に見抜き、デズモンドの子作り以上の意図は分からず、またそれに対してシャーロットも分からない。だからこそテラス伯爵家も絡んではいない。そう答えたのであった。もしもそれを見抜けず、ただの使用人同士の世間話として、

『わかりません。私には何とも』

とでも答えていれば、

――この小娘はこの程度か、それならばその主人もたかが知れたもの。

と思われていたには違いない。随伴メイドとして選ばれた自分の応答で、主人を侮《あなど》られてしまうなど決してあってはならないこと、それどころか、その程度で済めば良いが、

――シャーロットないし、テラス伯爵家は何かよからぬことを考えている。これは調べなくてはなるまい。状況によってはシャーロット及びキャスリンに直接訊く必要も……。

などとなっては眼も当てられない。老執事ランドルフ、『灰色の猟犬』を敵に回せば、テラス伯爵家へ助勢を頼むこともできず、そして知られさえしないうちに処理されることも、最悪、あり得ないことではないのであった。

だからこそこれはデズモンドのヤらかしたことであって、シャーロットも、テラス伯爵家も関与してはいない。と、暗に示したのだ。それに対してランドルフは、

『ふむ、そうですか。とすると、旦那さまはまた不思議なことを思いつかれたのでしょうなぁ。あの方は子供の頃より変わったことをされるお方でした。そのおかげで私も、こんなところについて来ることになってしまいました。まあ、この老骨にとっては長閑な田舎街、余生を過ごす場としてこれほどに相応しい場所もありますまい』

と、孫の成長を歓ぶ好々爺の体《てい》で、キャスリンの応えを裏の意味まで了解した。この理由で信じよう。と、言っていた。まさかデズモンドの屋敷で、真っ当な大貴族も真っ青な、裏をたっぷり含んだ言葉の応酬が行われるとは――。

そしてこの台詞の極めつけの彼の裏の意味。それが怖ろしい。

――私は彼のお目付け役。そして、ここは田舎でありテラス伯爵家の影響もすぐには及びませぬ。更には、私にはここを最期の地とする覚悟までありますぞ。

――さて、汝の選択は如何に？

「なんでも、性愛術と云うそうです」

とキャスリンは口を割っていた。

うぉおおいっ!?　キャスリンっ!?

と、もしもデズモンドがいれば慌《あわ》てただろう。

しかし、キャスリンがあっさりと吐露《ゲロ》ったのも仕方のないことではあったのだ。もしもランドルフが独自に調べだし、自分の主人であるシャーロットの、あのあられもない姿を見られてしまっては眼も当てられぬ。キャスリンは性欲を抱いてはいなくとも、あれが見られて恥ずかしいものであるということだけは、シャーロットの様子から理解していたのである。

「それを使えば奥さまを孕ませられるかも知れないと。確実ではないそうですが、試してみることを奥さまもご了承されました」

「ほう。性愛術……」

灰色の老爺の瞳には単純な好奇心があった。愉しげな彼の瞳には、無邪気な子供であればぺらぺらと語りたくなってしまうような、そんな雰囲気だ。これは本当に面白がっている気がしないでもなかったが、鵜呑みにするのは愚策である。キャスリンは釣られない。

「それが一晩、乃至はそれ以上かかると」

「はい、そのようです」

――ふむ、キャスリン殿は、嘘は言っておられない様子。

と灰色の瞳は思考する。

――性愛術……、確かにデズモンドさまは以前からシャーロットさまを案じてはおられた……。もしも奥さまが孕むこととなれば、テラス伯爵家は黙ってはおられまいし、ダムウィード家も心中穏やかではいられなくなる……。それがどこまで信憑性がある術かは不明ではありますが、デズモンドさまのことですから……。

——まったく、坊ちゃまは相変わらずですなぁ。ほっほ。

ランドルフはまるで面白い演劇を見つけたような笑みを噛み殺す。

「ランドルフさま」

「なんでございますかな?」

老爺は平然として返す。思索はしようともそれだけに埋没してしまうことはない。そもそそれは一瞬の思考、戦場の極限状態で鍛えられた老獪なる思考回路は、間を空けることを許さないのだ。キャスリンは微かに口ごもるような様子を見せた。それは演技か、或いは素か。それを灰色の瞳が見抜こうとしたところへ、キャスリンが思いの外、あけすけに言った。

「旦那さまの為されること、執事長のランドルフさまとなれば把握しておくことは必須とは存じます。ですが、シャーロットさまの従者として——否《いえ》、女として、お二人が為されている間、様子をお伺いすることは止めていただきたいのです」

ランドルフに反応はない。而して、その灰色の脳細胞はどれだけの速度で回転していることか。

「——性愛術、あのような手技があるとは、驚愕の一言でございます。奥さまは旦那さまの手によって、口にするのも憚られるような嬌態を取らされておられました。あの様子を見られることは、貴族として、女として、そして人としても、——恥でございます」

「………なんと」

キャスリンが嘘を言っている様子はなかった。その様子に、これは陰謀、策略ではなく、名誉、矜持に関わる問題であることを、老爺をして分からせしめたのだ。

それは言外に、

——奥さまはそのような痴態を見せることとなっても旦那さまとの子を望み、そして信頼している。

ということを示してもいたのであった。

これでは——動けない。ランドルフの実力であれば、彼女たちに見つからずに調べることも出来ようが、いくら一執事に身をやつそうとも、彼は騎士なのだ。名誉の侵害は、たとえバレなかろうが、自身の、騎士の矜持が許さない。監督役、お目付け役ではあれども、その前に、騎士の不作法はいただけぬ。

その上キャスリンの言は、今のままであればシャーロットはデズモンド側につくということであって、もしもこの話を反故《ほご》にすれば、こちらの陣営がどれほどの不利益を被ることになるものか、わからない——。

——ふむ、やりおる。デズモンドさまに爪の垢を煎じて飲ませたいくらいですな。

恐らく——ではなく間違いなく、彼は嬉々として直呑みした上に舐め回しも辞さないに違いない。

しかし、それならば、このような回り道をするよりも——、そう思う老騎士の言葉を、メイドが裏打ちしてくれた。

「シャーロットさまにお尋ねすることは控えていただきたいと、僭越ながらも申し上げる次第ですが、デズモンドさまからであれば、ランドルフさまには、私たちが知るよりも多くのことを教えていただけるのではないかと愚考いたします」

ランドルフは、これは打算が含まれていようとも、彼女の真意であると判じた。灰色の老爺の笑みが、柔和に深まった。

「そうですな。そうすることといたしましょう。しかし、今は取り込み中であるとか？」

「はい、ですから私もこうして追い出されてしまったというわけです」

ランドルフは軽く肩を揺らした。「ほっほ、それほどまでにデズモンドさまはシャーロットさまに夢中ですか」

「ランドルフさまは、デズモンドさまのことを軟弱者と言われますか？」

「いやいや、主人に向かってそのようなことは言えませぬ。それに、主人の夫婦仲が良いことに越したことはありますまい。度が過ぎるようであれば、私たちが諫《いさ》めれば良いこと。諫言《かんげん》に困れば相談なされよ、見ての通り、年相応の経験だけはありますでな」

「はい、ありがとうございます。そのときは是非、お力を借りたいと存じます」

お互いに軽く会釈をして離れる。年若いメイドと灰色の老執事。背を向けて廊下を二方向へと、再び、一般とは画した歩みで動き出す。

キャスリンは今しがたの言葉を反芻する。

『私たちが諌めれば良い』

つまりは、シャーロットの名誉がかかっている場面にランドルフは介入しない、そしてその場合、デズモンドを、シャーロット陣営であるキャスリンが諌めても構わないということだ。それは、キャスリンの言よりシャーロットがデズモンドにつくことを知ったランドルフからの、一種の権限許可でもあった。

——望外の収穫でした。

と、思う。それでもその後、

『諌言に困れば相談なされよ』

とは、情報共有、少なくとも、デズモンドを諌めるのであれば自分にもその情報を伝えろ、という交換条件に他ならない。しかしそれは、キャスリン、乃至はシャーロットにとってはメリットしかない条件ではあった。しかし、

——やはり『灰色の猟犬』、恐るべき傑物です。

彼にはかつてテラス伯爵もスカウトをかけたことがあった。しかし彼はそれになびかなかったとは聞いていた。噂では、

『私がつくのは面白い方です。それに、『白金の破戒者』と『灰色の猟犬』が同じ勢力についてしまうなど、面白くないではありませぬか』

と、穏やかに笑って辞退したという。

――怖ろしいお方です。しかし、そのお方が監督役としてつくということは、デズモンドさまは『灰色の猟犬』に面白いと思われていること。確かに、独特なお方であるとは思いますが――。

先ほどは奥さまといっしょにスカートを捲って、旦那さまにパンツをお見せ申し上げた。

何故下着などを見たがるのか。

朝は自分が気を利かせたおかげで存分にシャーロットの下着は見られたはずなのに。それに、シャーロットの方も、ワザワザ見せるものではないとはいえ、下着を見せる程度のこと、排泄器を見せるわけでもあるまいし――どうしてあそこまで恥じらったのか。

――わかりませんね。

しかしわからなくとも、性愛術なるものを受けた奥さまはあられもなく我を忘れて痴態を曝し、メロメロになったうえ――自身の子よりもデズモンドこそを求めている様子すらあった。

――奥さまがあのようになってしまわれるなど……、
魔法的な洗脳をされてはいなかった。それに薬物もなしだ。それは自分もこの眼で見ていた。それでも性愛術を受けたシャーロットは、彼に幸せそうに付き従い、そして自分からも性愛術を受けることを望んでいた。

いったい性愛術とはなんであるのか。そして、あれはそれほどまでに気持ちが良いものなのか……。

そっと自身の艶やかな唇を撫で、メイド服の上から自分の胎を撫でた。先ほど、デズモンドにパンツを見せたとき、少しだけ、むずりとしたような気もした。だからこそ、シャーロットが隠しても彼に見せ続けていたのである。シャーロットにされたときには何も感じなかったはずなのに、この感覚はなんであるのかと。

——私も、デズモンドさまに直接お訊きした方が良いのかも知れませんね。

一流のメイドは音も立てずに屋敷の廊下を歩いて行く。

現在奥さまとお取り込み中であるデズモンドは、メイドのフラグが立ったことなど夢にも思わない。況してや、そのメイドが、老執事にフラグをおすそ分けしたなど——考えたくもないのである。

——性愛術とはなんですかな？　私にもお教え願えまいか。

『灰色の猟犬』ことランドルフお爺ちゃんからそう訊かれ、デズモンドが思わずお尻を押さえてしまうのはまた別のお話。

5

「アッ、やぁ……、あぁぅん……、デズモンドさまぁ……、このようなことはぁ、……ヤァん……」

普段であれば俺、デズモンド・ダムウィード男爵が独り切なく仕事に勤《いそ》しんでいる執務室で、いつもであれば聞こえるはずのない、悩ましい女の喘ぎが響いていた。

【防音】はバッチリ。この部屋の外に我が妻の可愛らしく、そしてあられもない嬌声《こえ》が漏れ出すなどあり得ないのである。何せ魔法をかけたのはシャーロットだからな。

「俺は深く傷ついた、よってシャーロットに罰を与えようと思う」

そう宣告した途端、この淫乱で可愛らしい二十九歳児の奥さまは、いそいそと【防音】をかけてくれたのであった。俺はソファーへと座り、シャーロットをお膝の上へと乗らせた。そうして後ろから手を回して、

もっむもっむ、

もっぎゅもっぎゅ、

「あぁ、あぁぁアん……、デズモンドさまぁ、そんなにされてはァ……ンッ……、おっぱい、取れてしまいますわァん……あぁッ！」

ネッチリもっちりと揉みしめれば、布越しでも豊満な果実の淫らな熱が伝わってきた。それに、ぷくっと内側から、触って欲しそうに盛り上がってきているポッチリだって……。

「アッ、あぁあん……」

――シャーロット、自分から乳首を触らせようとしてきてるな。

くくく、だけど駄目だぞ、なんせこれは罰なのだから。俺は決して触ってはやらないのである。しかし、淫らに身悶えるがままにくねくねと腰を揺らし、俺のお膝に乗っけた安産型のお尻をこれでもかと擦りつけられてしまえば、罰を受けているのはむしろ俺のようだ。

――嗚呼、気持ち良い……。この、淫乱二十九歳児め。

俺は善い薫りのする首筋へと、唇で食みついてやることにした。

「あぁッ！　やぁあ、舐めないでくださいませ、デズモンドさまぁ……、ふぅうう……」

ピクッ、ピクンっと跳ねる妻の肢体がたまらない。馥郁《ふくいく》たる髪の薫りが鼻腔を侵食して、罰だのなんだのどうでもいいから挿入してしまいたくもなってしまうのだ。俺からも腰を押しつけるようにしてしまい、乳を揉みしだく指にもますます熱が入ってしまう。

「あぁ、あぁあああ……、お、お尻に固いモノが当たっておりますわァ。デズモンドさま、とても昂奮していらして……」

「何を言っているんだ」

ぷみゅっと乳首を押し込んでやった。

「アハァンッ」

腕の中で、妻はイルカのように悶え跳ねた。だが夫である俺は逃してやらないのである。乳首から指を離して、再びもっむもっむもっぎゅもっぎゅ。

「んぅううう……」

ウェーブがかったプラチナブロンドの髪、その隙間から、真っ赤になった耳が覗いていた。

「ぺろっ」

「ヒィあんッ！　や、やぁあぁ……、耳、耳は駄目ですのぉ……、ふぅううう……」

いやいや、そんなの舐めないワケがないだろう。

「ちゅっ、ぺろぺろぴちょぴちょ」可愛らしい形の耳を、輪郭に沿って舐め回し、丹念に溝をホジって耳の穴へと舌を挿し入れてやった。

可愛らしい声で啼きながら、我が妻は俺の腕の中で乳を揉まれながら耳を舐め穿られる。

「あふぅ、はひぃんぅ……。やぁあ、デズモンドさまが、デズモンドさまが頭の中に這入ってきてますのォお……。脳みそ、くちゅくちゅされちゃってますのぉお……」

俺は得体の知れない触手生物ではないのだが。まったく、旦那のことを名状しがたき生物みたいに。こんな悪い妻には、おっぱいを揉む揉むする程度のお仕置きでは足りないようだ。

豊満な果肉を揉み捏ねていた右手を、ソッと躰のラインに合わせて下げていけば、

「あぁ、あああああ……」

くくく、滅茶苦茶悦んでやがる。聞いているだけで、俺の方が脳みそクチュクチュされている気分になってしまう。彼女の耳元で囁いてやることにした。

「シャーロット、何処を触って欲しい？」

すりすりと、スカートの上から太腿を撫で回してやった。さらさらとした上質の布触りに、そ

の下にあるムチムチとしたお肉の感触がたまらない。軽く押し込むようにすればモジモジと太腿を擦り合わせ、

「シャーロット、触って欲しいところが、ムズムズしてるんじゃないのか？　ホラ、言うんだ。言えばそこをちゃあんとクチュクチュ触ってやるぞ？」

太腿を撫で回す手を、少々内側へとすべらせてはやるが、魅惑の三角地帯までは、決して食指を伸ばしてはやらないのである。左手では、相変わらずおっぱいを揉む揉む。

「ふぅう……、デズモンドさまは意地悪ですわぁ……」

「何が意地悪なんだ？　最初に俺に酷いことを言っていたのはシャーロットの方じゃないか。言っただろ？　これは罰なんだって。シャーロットの好きなことだけをしてしまったら、罰にならないじゃないか。ぺろっ、ぺろっ、ちゅっ」

耳を舐めて頬にもキスをしてやった。

「はぁうぅう……、こ、これは、全部罰ではなくご褒美ですわァ……。んゃあぁ……デズモンドしゃまぁ……」

くっ、うぅううう……、甘い声を上げながら背中でスリスリされれば、我慢する俺の方がやっぱり罰を受けているじゃないか。しかし、ソッと、朝に俺が留めてやったブラウスのボタンを、下から順番に、
ぷちり、

ぷちり
「は、あぁあ……」身を捩《よじ》らせながら大人しくボタンを外される妻に、俺の背中ではゾクゾクと愉悦が昂ぶってしまう。

「夜になりゅ前に外すことになってしまったな？」

――しまったッ！　噛んだッ！

「はぁ、ン……」照れ隠しにすべすべの腹を撫で回してやれば、甘く、熱く凝った吐息が洩れたから善しとしよう。肩越しに現れた果実は、朝に俺が包んでやったブラに抱かれていた。ブラも白だったけれど――もしかしてこの世界、あまり下着の色には頓着しないのか？　ワザワザ見せるようなものでなければそうなのかも知れない。ふふふ、では今度と言わず今夜、シャーロットの箪笥を物色して確かめさせていただくことにしようか。

下心があるだなんてとんでもない。ただただ、異世界の文化を学びたいという、学術的好奇心のなせる業《わざ》なのである。

「シャーロットはどこを触って欲しいんだ？」

すりすりと、子宮を意識させるようなつもりで腹を撫で回してやった。シャーロットがすでに発情しているからか、手の平には、胎の底から淫らな熱が伝わってくるような気すらした。

「はぁあ……、デズモンド、さまぁ……、お股、おま×こですわぁ。もう、触っていただかなくては、わたくし、おかしくなってしまいそうですのぉ……ハァン……」

おかしくなりそうなのは俺の方なんだがな。

「犯されればもっとおかしくなるだろ?」

「やァッ、言わないでくださいませぇ……。ハァッ！　……ンぅう……」

ようやくスカート越しにでも中心部に触れてやれば、シャーロットは軽く腰を突き出すようにして、俺にくったりと背を預けた。すりすりと、彼女の言うお股を擦ってやれば、熱い息を吐きながらふるりふるりと、まるで花の蕾が開くように身悶えを伝えてくれるのだ。

「シャーロットのここ、すごい熱くなってる。それに、押すだけでじゅぷじゅぷした感触が伝わってくるぞ?」

「デズモンドさまぁ……、もう苛めるのはおやめくださいませぇ……。もうすでに、わたくしは十分な罰を受けておりますわぁ……、このように、火で炙られるように躰をまさぐられて……、さ、先ほどの、下着を見られていたときから、ずっと、お胎が疼きっぱなしでしたのにぃ……。やぁ、意地悪しないで欲しいですのぉ……」

そんなん言われたら意地悪せずにはおられんやんけ！

「ハァあンッ！」グッと割れ目の辺りを押し込んでやれば、シャーロットはビクビクっと震えて軽く「く」の字に曲がった。

「シャーロット、君、まさか今のでもう達《イッ》してしまったのか?」

「やぁあ……」

軽く横抱きにすれば、真っ赤な貌で首を横に振られた。

もう、なんなんだよこの魔性の生物。

「シャーロット……。ちゅ」

「デズモンドさまぁ……。ちゅぷ、んぅう……」

唇を重ねれば甘えたようにしてさっそく彼女の方から舌を挿し入れてきてくれた。

「ふぅっ、ン……、んにゃあ……、ちゅぷ、ちう……、デズモンドさまぁ、お唾を、呑ませてくださいませぇ……」

「あ、ああ……」

——トロリ。

「んく、んきゅぅ……。美味しいですわァ。胸の奥がドキドキして、もう、止まれそうにありませんのぉ……」

そんなにも、エメラルドの大きな眸《め》をトロンと垂れ下がらせて見つめられてしまえば、俺だってもう止まれやしないのだ。

「シャーロット、俺のも触ってくれ」

「はい、デズモンドさまの、おち×ちんさまですわね……、嗚呼、とっても固くて、お熱い……。ハァ……」

法《ホウ》、と、

恍惚とした貌で優しく撫でられた。

「デズモンドさまのお腰が、モジモジとしておられますわ……。気持ち良いのですわね」

「ああ、とても気持ちが良い……」

「――ふふ。お可愛いこと」

おぉう……、肛門の辺りがぞくっときちゃったじゃないかぁ……。しかもシャーロットの手つきが滅茶苦茶愛おしそうで、股間の頭を優しくいい子いい子されれば、もはやこのママの手つきからは離れられないのである。

「シャーロット……ママ」

「はぅうッ！　デ、デズモンドさまがわたくしの赤ちゃんになってしまわれましたわぁ。お、おっぱいお呑みになられますかぁ？」

もちろんでございますとも！

「ひゃぁッ！　赤ちゃんは無理矢理下着を剥きませんわよ。いやらしい子ですわね」

「いやらしいママの子だからいやらしいんだ。ママの乳首、すごいぷっくりとしている」

薄桃色の繊細な輪郭であったはずが、今にも取れそうなほどに膨れ上がって、乳輪からしてビンビンに勃起なされていた。乳輪に浮いたエッチなゴマ粒を、すりすりと撫で回す。

「ンッ、ふぅんッ！　やぁ、赤ちゃんはそんなことしませんわぁ……」

「じゃあ吸って欲しいか？」

そう、いやらしく撫で回しながら尋ね、ピンッ、と、乳首を弾いてやった。

「ひぅうううんッ！」

ママはのけ反ってしまった。大きなおっぱいをぷるっぷるっと誘うように揺らして、弓なりに背を反《そ》らして顎まで上げていた。

シャーロット、ますます感じやすくなってるな。それじゃあ、いっただっきまーす！

「あっ！　だっ、駄目ですわッ！　今お吸いになられてはぁッ！　ひぃいいいンッ！」

はむっ、ちゅっ、ちゅぷっ……

責めるというよりは優しく労わるように唇で挟み、ねろねろと舌をまとわりつかせてやれば、面白いようにシャーロットは反応した。膨らみきった乳首にねっちょりと舌を絡みつかせ、ちゅっちゅっと吸い上げてやるのである。

指も柔肉へと喰い込ませ、搾り上げるような蠢きで。

ママはピクッ！　ぷるるんっ！　とおっぱいを弾けさせ、俺の後ろ頭にしがみついてあられもない声で吠えまくった。

――嗚呼、やべぇ、なんて至福なんだ……。止められない。止めたくない。このまま、シャーロットママのおっぱいに溺れてしまいたいぃ……。

まるで遠吠えのような嬌声《こえ》のシャーロットのおっぱいへとぐりぐりと顔を擦りつけ――もちろん、おっぱいは左右あるのだ。片っぽだけじゃ、寂しいもんな。両方とも、ちゅぷぁちゅぷぁちょねろと吸い回して、シャーロットにママになった気分をこれでもかと味わわせた。シャーロットのおっぱいからはまだミルクは出ないが、ガチガチになってしまった俺からは昂奮のあまりに発射されてしまいそう。

じっとりたっぷりとシャーロットママのおっぱいを堪能し、唇を離せば、小指の先ほどに勃起した乳首が、俺の唾液に塗れて赤く腫れていた。そしてママは唇を半開きでエロティックな舌を覗かせ、涎を垂らして半分白目を剥いていたのである。ピクッ、ピクッと、小刻みな痙攣で。

――やり過ぎたッ！　で、でも、シャーロットママの母性が物凄すぎて……。

「だ、大丈夫か、シャーロット……、すまない……」

ソッと、舌で涎を拭い取ってやりながら俺の唾液を半開きの唇に注ぎ込んでやれば、

「んぅう……」

と甘えるような声を出して舌に絡みつき、

「はぁあ……、もう、デズモンドさまぁ、やりすぎですわ。母親になるって、たいへんですのね」

これだけ回復力のはやくて淫乱なママを、母親にするパパもかなりたいへんだと思う。シャーロットはエメラルドの瞳をますます艶っぽくさせ、俺を見詰めていた。

「デズモンドさまぁ……、わたくし、もう、我慢が出来ませんのぉ。はしたなくても構いませんわ。それ以上に、あなたさまが欲しいのですぅ……」

「シャーロット……。……ああ、俺もだ。俺も、シャーロットが欲しい。我慢が出来ない……」

俺はソッとシャーロットをソファーへと横たえ、ベルトに手をかけた。その手つきを、シャーロットは夢見る乙女のような表情で、熱っぽく見詰めていてくれた。

「嗚呼《ああ》……、逞しいですわ。ご立派な……、おち×ちんさまぁ……」

そそり立つ肉柱を礼賛していただければ、ますます固く、逞しくなろうもの。完全な臨戦態勢を取った肉棒は、自分自身でもグロテスクだと思えるほどに血管を浮かび上がらせ、先も赤黒くぷっくりと膨れ上がっていた。

「ああ、わたくしも、脱ぎませんと……、いえ、デズモンドさまがお脱がしに……」

可愛らしかったはずの奥さまのお口がだらしなく緩んで、淫靡な形で爛《ただ》れていた。

雄を求める牝の貌。俺にこれでもかと吸われて赤く勃起した乳首が白い双丘の上でピンとして、膝を立てて股を広げてくれる彼女は、犯される乙女ではなく男を喰らう妖婦と化していた。

俺も自然と口元がいやらしくなってしまう。

「淫乱なシャーロットは、俺にパンツを脱がしてもらいたいらしいな」

「デズモンドさまはその方がお好きではないのですの？」

「好きだ。自分で脱がすのも、脱ぐのを見るのも」

俺の熱っぽい瞳と彼女の熱っぽい瞳が絡み合った。

「ハァあ……、デズモンドさまの、変態さま」

「それじゃあその変態に犯されたがってる奥さまは何になるんだ？」

「意地悪ですわ、デズモンドさま。いつも仰っているではありませんか。イ・ン・ラ・ン♥と」

「はは、その通りだ」

――やべーやべー、今の蠱惑的な貌、挿入しなくても射精させられるかと思った。

「それじゃあ、淫乱妻の淫乱ま×こに、おち×ぽを……」

とまで言ったところで、俺はふと気がついた。

そう言えば、淫語を教えてないじゃないかと。

「シャーロット、何を、何処に欲しい？」

俺は彼女の清楚なスカートをめくり上げ、まだ穿いたままのショーツへと、熱く固いモノを擦りつけた。

――シャーロットめ、もうショーツはラブジュースでべちょべちょだ。それに、滅茶苦茶熱い……。

くぃくぃといやらしく腰を動かして擦りつければ、彼女の方こそくねくねと腰を揺すって俺に擦りつけてきた。くぅう……、気持ち良すぎるぅ……。

「んぅう、……、おま×こですわぁ……、わたくしの淫乱おま×こにぃ、デズモンドさまの逞しいおち×ぽさまをぉ……」

それもイイ！　しかし、

「シャーロット、それもイイのだがな、もっと言えないか？　俺が、思わず突っ込んでしまいたくなるような、いやらしい言い方で」

たとえば――、と、耳元に唇を寄せて、ねっちょりといやらしく息を吹き込みながら囁いてやった。

「あぁ……、そ、そのようなはしたない言い方がぁ……、」

「ああ、そうだ。はしたない。だけど、おれの肉棒に触れてくるシャーロットのいやらしい汁はますます溢れて熱くなってるようだ」

挑発するように、腰で彼女の太腿を押し広げて擦りつけてやった。

「ンッ、んぁあうぅ……。欲しい、欲しいですのぉお……」

「それじゃあ言うんだ。俺の何を、何処に欲しいのだ？　俺が言った以外の言葉でも良いぞ。だが、俺が昂奮して、思わず挿れたくなってしまうような……」

「アッ、あぁあああんぅ……、分かり、ましたわぁ……」

さあ、はやくはやく《ハリーハリー》とばかりに、俺は躰を起こし、剥き出しの肉棒はショーツに当てたまま、耳まで真っ赤に染まったエメラルドの眸と視線を、至近で合わせた。

ハァ……、

と、熱くて甘い牝の吐息には、もはや眩暈がしてしまうほどに、俺は欲情していた。

その花のように可憐な唇が、雄を誘う卑猥な睦言を奏でだす。

「デ、デズモンドさまのぉ……、太くて、逞しくて、熱いぃ……、お、お種を吐く、お種付けのお棒をぉ……、おち×ちんが、欲しいのですのぉ……。わ、わたくしの、擦られて悦ぶ、……は、はしたなくて浅ましい、牝の肉穴へとくださいませぇ……。わ、わたくしはぁ、デズモンドさま専用の女となりますのぉ。は、孕めずとも……、わたくし自身へと種を吐いて、……か、可愛がって、くださいませぇ……。お慕い申し上げておりますわ、デズモンドさまぁ……。

ぁあ、おち×ぽ、おま×こに欲しいのですわぁ、ください、くださいませぇぇ……、デ、デズモンドさまの……お種をぉ、……ちょうだいしたく、存じますわぁあン……」

俺は、深く、浅く、野獣の息を吐いた。もう、我慢なんて出来ない。そもそも我慢しようとか、焦らそうとか考えていたことが間違いであったのだ。

もはや暴発しそうになっている肉の先でシャーロットのショーツを押し退けると──ヌチャア、とした牝の欲望が、猛りに猛ったお種付けのお棒へと伝わってきた。

俺は、そのまま──、

「はぁあああああンッ！」

ヌヂュゥウウウッ！

と、一気にシャーロットの奥へと潜り込んだ。途端、一斉に俺を抱きしめにきてくれた無数の襞ヒダ。熱い牝の果汁を溢れさせ、あなたに逢いたかったと言わんばかりの熱烈な抱擁で迎えられた。

──くぉあッ……、すげぇ……、やっぱり、シャーロット、抱けば抱くほど、具合が善くなっていく……ッ。

「アッ、あぁあああッ！　デズモンド、デズモンドさまぁああんッ！　お棒が、お肉のお棒が、気持ち良いのですわぁああッ！」

噎《むせ》び喚くシャーロットはさっそくとばかりに、自分からくぃくぃと腰をしゃくり上げてきた。キュキュンと膣口が肉の根元を締めつけ、ザワつく膣襞が、先ほどのお返しとばかりに肉膚を揉み上げてくれる。

「おッ、くぅうッ！　キモチイイッ！　シャーロット、君のおま×こは、ますます気持ち良くなってるぞッ！　おぁあ……」

このまますぐにでも射精してしまいそうな鋭い淫感、快美感、ずっと、このまま一つになって繋がっていたい陶酔感。まるで、本当に俺のためだけに用意されたような膣壺に、込み上げる射精感を必死でこらえ、臀筋に力を入れて我慢しながら腰を揺すった。シャーロットの言うお種付けのお棒で、お種を付ける肉の畑をゆるゆると耕してやるのである。

「はぁ……、気持ち良い……」

トロミのついた愛液に潤滑され、このまま蕩けていってしまうのではないかという快楽の肉沼を、俺は陶酔しながら泳ぎ回った。いくら今世の顔がいけ好かない甘いイケメンマスクであったとしても、許されないほどのだらしない顔をしていたに違いない。それでも、それはシャーロットだって同じだ。

淫らに乱れた牝の貌。

大きなエメラルドの眸は、そのまま溶けて堕ちてしまうのではないかと思うほどにトロトロに蕩け、閉じられない唇からはひっきりなしの嬌声が。白磁の肌を肩まで桜色に染めて、魅惑の果実の先をピィンと尖らせ、ぷるるんぷるるんと弾ませながら腰をくねらせていた。女の色づいた香気が、剥き出しの素肌から溢れ、弾けていた。くちょくちゃと、彼女の肉の壺からは粘《ねば》ついていやらしい水音が、感触として肉芯へと伝わってきていた。肉粘膜同士を、快楽に陶酔して求めてはいても、俺たちはお互いの蕩けた眸《ひとみ》を絡め合わせ、お互いを溶け合わせるようにして腰を揺すぶった。

――嗚呼、駄目だ。そんな眸で見詰められて、こんな風に交わり合ってしまえば……。

俺は、自分の気持ちが溢れ出すのを止められそうにはなかった。

「シャーロット、好きだ、愛している」

顔を近づけ、鼻と鼻が触れ合いそうな位置で囁いた。

「嗚呼、わたくしもですわ、デズモンドさまぁ……」

甘えて蕩けた美貌がたまらない。俺たちの距離はすぐにゼロとなってしまう。

「ちゅぷ、くちゅ、ぇろ、れろ……」

「ンク……、んぶ、……んむぅ……ぁあ……」

舌を絡め合い、指を絡め合い、腰を擦り合う。

しかし、どうしてなのだろうか？　彼女の躰の具合が善くなってくるのと同時に、俺の彼女への想いも膨れ上がっているような気がしていた。

軽くでも赤ちゃんプレイをしたから？

あんなもの、そのスジの方々に言わせれば生温いものであったに違いなかったが、それでも、あんなにも奇妙なやり取りを、そして、シャーロットのトラウマに抵触しかねないプレイを、彼女はむしろ悦んで受け入れてくれた。

…………。

あーッ！　もうッ！

なんなんだよこの気恥ずかしさは！

前世の記憶を取り戻してからというもの、シャーロットとはヤり続けているのに、セックス自体には慣れたはずだったのに、そうした性的な羞恥心とは別の感情が、俺の中で膨れ上がっていた。

「ちゅぷぁ……」

と、俺たちの間には銀の橋が架かって切れた。シャーロットはエメラルドの大きな瞳で、微かな気恥ずかしさを覗かせながらも幸せそうな貌で微笑んでくれていた。

「く……」

と、俺は知らず歯を噛みしめていた。

「どうかされましたか、デズモンドさま？」

キョトンとした顔で上目遣いを寄越してくる。それは、ぐりりと俺の心を抉る凶弾だ。

「あぁッ！　もうッ！」

「きゃッ」

俺はシャーロットに覆い被さって抱きしめ、そのまま抱き上げた。

対面座位だ！

「ど、どうされたのですか、デズモンドさま」

眼を白黒とさせるその顔だって――エメラルドの瞳だから正確には白翠か？　って、んなことはどーでもいいんだよッ！　もうッ！　もうぅッ！　今世の俺よりも一つ年上の二十九歳でも、その顔立ちはとてもとても幼げで可愛らしいものなのだ。

もちろん美人だ。

そのうえでその美貌には、可愛らしさがふんだんに含まれている。そのエメラルドの瞳はまるで宝石のようで、白い肌はミルクで出来ているかのよう。ぷにゅりとして潤った唇は、可憐な花が官能を含んで膨れたよう。俺は、彼女の背をキツく抱いた。深々と埋まった男根に、彼女こそ随喜を洩らして俺へとしがみついてくる。

——嗚呼、気持ち良い……。

俺は、彼女にすべてを受け入れてもらえている。

腰をうねらせれば彼女は喘ぎ、自分からも腰をうねらせて俺に応えてくれる。

「はぁッ、ン……、どうされましたの、デズモンドさま……。あぁ……、デズモンドさまのお肉がァ、……わたくしの、牝のお肉を苛めますのぉ……。んぅう……ンッ！」

喘ぐ彼女の唇を、俺は思わず唇で塞いでいた。そしてすぐさま舌を挿し入れて絡め合う。腰をうねらせ、甘い快美粘膜を擦り上げた。爛れるような快感に噎ぶ彼女の震えが直接伝わり、俺の奮えが止まらない。

「ぷぁあ、デズモンドさまぁ、何か、その……、わたくしの抱き方が変わられたと言いますか……」

シャーロットは、確かに戸惑い、微かに気遣わしげな様子を乗せてはいたが、それよりも——、

「嫌か？」

「い、いいえ、嫌ではありませんのぉ……、むしろ、求められすぎて、わたくし、ハァンッ……ンッ、あぁあッ！」

ウェーブがかったプラチナブロンドの髪が、彼女の喘ぎと共にぱさりと揺れた。汗の混じった

シャーロットの甘やかな薫り。上気した女の肌に、匂い立つような色気が俺を包み込み、ぞくっ、ぞくっと心臓が、さざ波混じりのような鼓動を刻んでしまう。

亀頭に当たるものは子宮口に違いない。俺が貫くよりも、子宮の方から降りて来て俺を迎えてくれていた。この重みも快美な電流となって、ますます俺を甘美に狂わせていく。

「嗚呼、シャーロット、俺は、奇妙な感覚だ。こうしていると、シャーロットへの愛おしさが溢れ出しておかしくなってしまう」

そう言った途端、
キュクッ、と、媚肉の締めつけが強まって、彼女を抱きしめながら俺の方がビクビクっとしてしまった。だが暴発は堪えたのだ。――俺、エラい。俺の背中に回された彼女の指が、縋りつくようにしてシャツを掻き寄せ、より密着度合いを高めてくれた。

「わ、わたくしもですわ……、どうしてですの……？　気持ち良いのは確かなのですが、それよりも、こう……、はぁあ……、デズモンドさまぁ……、わたくしあなたさまが欲しくて欲しくてたまりませんのぉ……。好き、大好き、愛しております。お慕い申し上げておりますわ。ですが、そのような言葉ではもう言い表せませんのぉ……」

微かに震える甘い吐息に、俺は吸い寄せられるようにしてキスをした。ちゅぷちゅぷと、軽くお互いを確かめるようにして、お互いの咥内にまで深く深く舌を挿し入れ合う、蕩けてしまうようなディープキス。ザワつく膣襞も肉棒に甘え、這入り込み膨れ上がり、そして出て行く甘すぎる感情に、いてもたってもいられなくなってしまうのだ。

「シャーロットを、孕ませたいな」

「孕ませてくださいませ、デズモンドさまぁ……ハンッ……」

「しかし、それと同時に、孕ませたくもない。シャーロットは、俺の子供のものですらない。俺だけのものだ」

「その通りですわァ……、たとえ孕もうが孕まなかろうが、わたくしは、デズモンドさまだけの女……、んぅうっ……」

シャーロットは自分で言ってぷるぷると感じ入ったようだった。その可愛らしい反応に、ようやく劣情の波の方が、振幅を大きくしてくれたらしいのだ。

「シャーロット、俺は、これまでに覚えた性愛術を、君に使いまくりたい。それは、これまでよりも過激で、そして淫らなものになるだろう」

「……は、はい……」

「それから、恐らく君を孕ませるだけであれば、そこまでのことをしなくても良いのだろうと、私はこれまでの手応えからそう思う」

「…………」

「だから、これは君を孕ませるという意味合いとは違って、ただただ俺の欲望を満たす行為になるかも知れない。それでも、良いか……？」

簡単に言えば、俺の性の捌《は》け口《ぐち》になれということだ。しかし、これは決して彼女を玩《もてあそ》びたいという意味ではないのである。むしろ、その方法でしか、膨れ上がり続ける彼女への想いを発散できないと言うか……。

――いいや、どう言おうが、やはりこれは、俺が俺の欲望を果たしたいというだけでしかないだろう。想いを伝えたいのなら、もっと別の方法も……、しかし、正直に言って、俺には、性欲とエロ知識はあれども、女性との付き合いなどさっぱりわからないのだ。

だからこうやって、エロ方面でシャーロットを可愛がるしか出来なく……、

――嗚呼、俺って、最低だな……。

「はい、善いですわ」

「………」

自己嫌悪に陥りかけていた俺の眼を、エメラルドの瞳が真っ直ぐに見詰めていた。頬には気恥ずかしさの色が差してはいても、その眼には強い意志の光があるようにも思えていた。

「わたくしはもはや身も、……こ、心もデズモンドさまのものですわ。ですので、お好きになさっていただければ……」

「シャーロット……。どうして？」

と、俺は思わず尋ねていた。こんなときにこんなことを訊くだなんて、ますます最低だとはわかっていた。しかし、訊かずにはいられなかった。どうして俺を、彼女はこれほどまでに愛して

くれるのだ？

「どうしてって、それは、デズモンドさまがわたくしを愛してくださっているからですわ」

それ以上に何か理由が要るのかと、彼女のエメラルドの瞳は言っていた。

「デズモンドさまは、わたくしを愛しておられますか？」

「ああ、愛している。自分でも、よくわからないほどに」

すると彼女はやはり俺にしがみつき、愛おしげに、頬に頬をすりすりと擦りつけてきた。

「わたくしもですわ。それで、佳《よ》いではないですか」

トクトクと、彼女の鼓動の音が伝わってきているような気がした。その大きな胸の果実では心臓の音など伝わらない筈なのに、どうしてか、それまでも重なって、そして、俺から何かが出て行き、同時に、シャーロットからも這入り込んできている気がしていた。この感覚が何であるのかは、まったくもってわからなかったのだが、彼女の言う言葉には、確かにと思えたのだ。

「そうだな」

「そうですわ。ですから――、」

と、シャーロットは俺の耳元へと唇を寄せてきた。

「わたくしを、もっと淫らにさせてくださいませ」

6

おぉお……、

ぞくっ、ぞくっと、俺の心臓が妖しげな脈を打った。そしてシャーロットは俺の耳元で、更に妖しい睦言を続けてきたのである。

「その代わり、わたくしにも、デズモンドさまを好きにさせていただきたいですわ。今朝の交わりで、女性も、男性を責めることが出来ると知りましたもの。わたくしも、デズモンドさまを淫らにして差し上げたいですわ」

う、うぁあ……、

最愛の妻からのそんな提案、睦言。俺なんかが抗えるわけがない。

「きゃっ。……はぁあん……」

グッと彼女を抱きしめ、これでもかと深々と交わった。

「もちろんだ。俺はシャーロットを淫らに気持ち良くさせるし、シャーロットも、俺を淫らに気持ち良くさせてくれ。俺も君に、して欲しいことを伝えよう。二人で、いっしょに……」くぃくぃと腰を揺すり、肉のお棒で彼女の善いところを擦り立てるのだ。

「はぁあん、はい、……はいですわぁ……。二人で、いっしょに……、んぅうン……」

くねくねと淫らな腰つきで、シャーロットは咥え込んだ俺自身を蕩かすようにして擦り立ててきた。こんなのは、もう、我慢が出来ない。今の俺を満たしていたのはケダモノのような劣情で欲情だ。この最高の女を、これでもかと善がり啼かせ、俺だけにしか見せない淫らな貌を、これでもかと引き出してしまいたい。俺はガッシリと彼女の張り尻を鷲掴み、自分自身に【身体強化】をかけた。

「シャーロット、しっかりと掴まっているんだ。腕でも、脚でも、落ちないように」

「ふぇ？」

可愛らしく驚いた声をあげる最愛の妻。俺は彼女の尻を捕まえたまま、

グッ、

と、足腰に力を入れて立ち上がった。

「ふゃアあああアンッ！　デズモンドさまが、デズモンドさまが突き刺さってきましたわァあンッ！」

俺はシャーロットと対面で繋がったまま、――立ち上がっていた。ずっぷりと膣内を刺し穿った肉杭に、シャーロットはあわはわ喚きながらギュギュっとしがみついてきた。

これ、優越感が凄いな。

にやけそうになる頬と、この愉悦のままに解き放ってしまいたい欲望、激烈な快感に耐えながら、俺はしがみつく妻の豊満な肉体を揺すぶった。

「はぁああぁッ！　ダメェッ！　駄目ぇえ、ですのぉおッ！　デズモンドさまぁッ！　わらくしぃッ！　ひぃうッ！　躰全部が、デズモンドさまの、逞しいお肉のお槍で、揺すぶられておりますのぉおッ！　アァッ、ひぃわぁあああぁッ！」

耳元で奏でられる艶音がたまらなさすぎた。

「シャーロット、そのままましがみついているんだ。私の椅子まで、こうして連れて行ってやる。くぅう……っ、この締めつけ、俺の方がヤられてしまうかも知れない」

一歩を踏み出せばその振動でシャーロットの肉体が跳ねた。ガクガクガクと痙攣して、ぷしゃっ、ぷしゅっと淫らな液を噴いても、噎び啼きながらも必死で俺にしがみついていた。

足元には俺たちの淫らな足跡が点々と残って、【身体強化《ドーピング》】のおかげで俺は愛しの嫁を軽々と担いで……ってか、そもそもシャーロットは軽いに違いなかったけれども。ズンズンと、「女体アーマー」状態で執務机へと連れて行ったのだ。

ぶるっ、ぶるっ、

ぞくっ、ぞくっ、

と、俺の総身では優越と愉悦の荒波が大きなうねりを上げた。ようやく椅子に座って一息つけば、愛しの妻は、はひはひとだらしなく、そして荒い呼吸で肩を上下させていた。

「デ、デズモンドしゃまぁ……、な、なんてことをなしゃれましゅのぉ……、わ、わたくひ、……もう、デジュモンドしゃまで、いっぱいでしゅわぁ……はひぃい……」

そんなことを言いつつも、俺を睨みつける眸は睨みつけるどころか眸の奥にはハートマークが見えそうなほどで、俺は口角が吊り上ってしまう。

「それでも、気持ち良かっただろ？」

「はぁう……、デヂュモンドしゃまはぁ、……悪いお人ですわぁ？　わたくしを、こんな風に弄ばれてェ……。もう、お返しでしゅわっ」

「おぅうっ！」

さっそくとばかりにシャーロットは、対面座位の形でギシギシと俺の椅子を揺らしだした。荒ぶった牝の声をあげ、くねくねと身悶えながら腰をうねらせ、快楽にキラキラと、淫らに貌を輝かせながら躍りくねった。

プラチナブロンドのウェーブがかった髪が揺れ、鼻の頭に浮いた汗は宝石のよう。

「あぁ、シャーロット、腰の動かし方がずいぶんと上手くなったじゃないか。なんて上達の早さだ。ぉああ……」

俺の腋を掬い上げるかのようにして腕を挿し込んで、くぅいっ、くぅいっ、ギシッ、ギシッとシャーロットは腰を振った。

「ハァッ、ン……、だって、デズモンドさまが気持ち良くなっている時のお顔、とってもお可愛らしいのですものぉ……、ハァッ、あぁあああンッ！　デズモンドさまぁ、気持ち、善いですのぉお？　ンッ、ひゃぁあああンッ！」

「そんな、気持ちが良いに決まってるだろうが、この、淫乱めっ！」

くねくねと淫らにうねらされる細腰を捕まえると、俺の方からも妻の膣壺を掻き混ぜるようにして腰を動かした。俺だって、シャーロットに負けてしまわないよう、腰の動かし方は上手くなっている筈なのだ。

――まあ、シャーロットの成長速度には敵わない気もするのだけれど……、それでも！　尻に敷かれてしまっても、それはそれでイイと思います！

くぃっ、くぅいっと擦り上げてやるように腰を動かして、俺だけの専用の肉穴を、よけいに馴染ませてやるようにして腰を回して、肉剣で奥をコリッ、コリッとヤってやるのである。そのたびに、こちらの方こそ甘く爛れさせられてしまうかのような、糖度１００％中の１００％の嬌声《こえ》を聞かされ、夕日に溶けたような赤い貌で、俺を求めていた。

「あぁッ、アぁあああンッ！　キモチイイ、気持ちが良いのですわぁ、デズモンドさまぁあああアンッ！」

俺たちの結合部は、脱がさないままでいたスカートの下に隠されていた。しかし、キュンキュンと子犬のように甘えて絡んで、締めつけてくる膣壺のカタチがむしろ手に取るようによく分かった。荒い息で涎まで垂らし、淫らに垂れたエメラルドの目尻を、舐め回したくて仕方のない衝動にまで駆られていた。

剥き出しになった、白く、匂いやかに甘い乳房がぷるるるんぷるるるんと躍って、その先には卑猥に膨らみきったピンク色のぼっちりが……。

「シャーロット、手を、繋がないか？」

「ええ、デズモンドさまぁ……」

キュッと指を絡めて恋人握りで繋《つな》ぎ合えば、腕には甘い痺れが奔った。

「んぅうう、キスぅ、キスがしたいですのぉ……」

「あぁ、俺もだ。シャーロット……、ちゅ、くちゅ……」

「んぅう、ぇるぅ、ふにゅぅう……」

俺たちは、まずは舌から絡み合った。そしてこれでもかと唇を押しつけ合って、貪るようにしてお互いを求め合った。腰を振り合えばギシギシと椅子が揺れて、俺の股の下は、溢れ出したシャーロットの淫水でびしょびしょになっていた。随喜に喚く女の嬌声、弾ける汗混じりの女の香気、淫らな水音。絡み合い、くねり合う舌と性器の肉粘膜……。

――嗚呼、もう、駄目だ……。

蕩けてしまう……。このまま、シャーロットの裡《なか》に還ってしまいたい……。仕事場で愛する妻と睦み合えるだなんて、これでもかと淫猥な行為に耽溺できるなんて……。

俺はぐぃ、とシャーロットを引き寄せて、

「嗚呼、気持ちが良い、幸せだ……。このまま、シャーロットを孕ませてやるからな」

「嗚呼、嬉しいですわ、デジュモンドしゃまぁ……、ハァあん……、でしゅが、いいのでしゅのぉ……？　んぅう、赤ちゃんに、わたくしを取られてしまいましゅわよぉ……？」

「取られてしまうのか？　シャーロットは子供が出来れば俺なんてどうでも良いのか？」

すると、シャーロットはぶるぶるっと震え、膣肉が精を搾り上げるように蠢動して俺は呻いた。

「そんなわけ、ありませんわぁ……。もしもデズモンドさまが心配でしたりゃ、乳母《うば》に預けましゅし、……、わ、わたくしのおっぱいはぁ、……デ、デズモンドしゃまにだけ、……んぅ、呑んでいただいてもらって構いましぇんわぁ……、アァッ！　ふ、膨らみましたのぉ……っ！　も、もう、出、出しょうなのですわね、わたくしを孕ませる、お種がァ……」

「ああ、そうだ」俺たちは指を解き、お互いの背を掻き抱いた。

「もうすぐ、出そうだ。シャーロットを孕ませる、俺のザーメン、子種汁が。ありがとう、シャーロット、だが、乳母に預けるなんてしなくていいぞ。シャーロットが取られそうになったら、俺が無理矢理奪い返すだけなのだから。こうやって――」

コリコリと肉先で子宮口を擦れば、彼女の方から鈴口へと吸いついてきてくれた。

シャーロットの指が、きゅぅう、と俺に縋りつくようにして握られた。その拍子に、俺は彼女
「アァン、もう、わたくし、たいへんでしゅわぁ……、ンァ、はぁんッ！」

の奥深く、胎内で射精してしまっていた。

お互いにキツくキツく求め合って、深いところが混じり合ってイく感覚、官能だ。

びゅくっ、びゅくっと脈動する肉砲は、彼女の胎を白濁だけで埋め尽くそうとでもするかのよ

うにして、夥《おびただ》しい量を吐き出していた。最愛の女性に種付けをする至福。そして彼女が求めてくれる極楽。俺たちは抱き合いながら、俺は種を植える優越を、彼女は種を植えられる至福を感じて、ひとつながりの生き物となってしばらくそうしていたのであった。

◇◇◇

「あぁッ、ハァあああンッ！　デズモンドしゃまぁ！　しょこ、しょこですわぁあンッ！　奥、奥ぅ、突いて欲しいのですわぁッ！　デヂュモンドしゃまの、肉の剣で、わたくしの奥を、開門してくださいましぇえええッ！」

もちろんだとばかりに俺はシャーロットの後ろから腰を振り立てた。

執務机に手を突かせて尻を突き出させた我が妻。豊満な安産型の白尻をぶりぶりと淫らに振って、俺を誘惑しながらも自らも俺に尻肉をぶっつけてくる。

パンッパンッ、

と、執務室には鳴るはずのない肉音が響いて、すべやかな白尻が淫らに波を打った。ぐにぐにと揉み捏ね、尻タブを広げてやれば、媚肉を引き出し押し入れする俺の肉柱との結合部が丸見えで、泡立った淫液が、お互いの恥毛へと白くべっちょりとこびりついている。

その上のピンクの窄まりが、ヒクヒクキュンキュンとしているのがとてもとても可愛らし過ぎた。

思わず指でちょんちょんと突ついて、悪戯までしてしまう。

「あぁあンッ！　違いますわァンッ！　しょっちは、違う、不浄の穴ですわぁあッ！」

「そうだな、しかし、性愛術にはこちらに挿入する淫技《ワザ》もあるのだぞ？」

くっくと菊門を押せば、キュンっ♥とした感触がたまらない。

「そ、そのようなことはぁ……、だ、駄目ェえ、ですわぁ……アンッ……」

「そう言いながらもま×こは締まったぞ。シャーロット、興味あるんだろ」

すりすりと指の腹で撫でてやれば、甘い啼き声が上がった。

「ま、ここは今度にしておくとしよう」

「こ、今度、為されるのですね……。ンぅう……」

「私に淫らにして欲しいのではなかったのか？」

俺は、菊の華から指を外して、今度は前の花芯へと指を忍ばせた。歓喜の声が響き渡るが、菊ちゃんが物寂しそうにしたのは、きっと俺の見間違いではなかった筈。

もはやコリコリに勃起していた陰核を軽く摘まみ、蕾を摘み取るようにしてクリクリと扱いてやった。

「アァッ！　やぁあッ！　それッ、強すぎますのぉおッ！　んやぁッ！　……お、おかしくなりますわァん……、デズモンドさまが、わたくしを、壊そうとしてますのぉおッ！　もっと、もっと淫らになって……、ハァンッ！　淫らにしてくだしゃいませぇえッ！」

「ああ、もちろんだ。もっと、もっとたくさん、エロいことしような。色んなことを、このエロい肉体《からだ》に教え込んでやるのだから」

いっそうリズミカルに腰を振り立てれば、プラチナブロンドのウェーブがかった髪が汗を散らしながらわっさわっさと揺れた。

パンッパンッパンッ……、
グチュグチュグチュ……、
いやらしすぎる官能と音の嵐、ぷしゅぷしゅと蜜壺からは愛蜜が幾度となく噴き出して、俺を受け入れ、逃すまいとばかりに肉襞が締めつけとうねりを増した。

「くぅううッ！　またっ、また出るぞッ！　シャーロットぉおッ！　膣内《なか》で射精《だ》すから、全部受け止めるんだぁあッ！」

睾丸の中ではますます子種が熱を持って沸き立って、彼女の胎内《なか》に還りたいと轟き叫ぶ！

「アァッ！　くだしゃいましぇえっ！　デジュモンドしゃまの、お子の素ぉッ！　お、おち×ぽしゃまのお乳をぉ、わたくしの淫乱子宮にぃいいッ！　はッ、あぁああああ〜〜〜〜ンッ！」

「おぉおおおおぅッ！」

ビクッ、ビクッ、ドクッ、ドクッ……！

「あ、あぁあぅ……、這入って、這入ってきてましゅのぉおぅ……、熱《あ》ちゅくて、ドロッとして粘ちゅいて……、濃い、お子の種がぁあン……。はわぁわわわぁああ……」

奥の奥まで挿し入れられて膣内射精《なかだし》される膣壺は、もっともっととばかりにキュンキュンと収斂して俺を搾り上げていた。俺は顎を上げて、シャーロットの巨尻を掴んで、グンッと腰を押しつけたまま射精し続けた。執務室でこのようなことが出来るなんて……、神聖な仕事場での職場《オフィス》性交《ラブ》、燃えないワケがない！——誰かに見つかって燃え尽きることだけはゴメンだけれども。

ポタポタと二人して汗を垂らし、はぁはぁと凝って荒い淫靡な吐息を溢れさせつつ、俺たちはケダモノとなって繋がり続ける。何かを忘れているような気がしなくもなかったが、もう、俺たちには、お互いしか見えてはいないのであった。たとえ、ドアの向こうで、メイドがドアに背を向けて、無表情に近い顔で扉の守護者となっていたとしても——。

——シャーロットさまも旦那さまも、お互いに夢中で他が見えてはおりませんね。昼食の時間となりましたら、私が踏み込むとして——そうですね、やはり、私がお諫めする必要があろうかと、そう愚考する次第でございます。

第4章　転生領主の華麗なる領内視察

1

初春の日、陽にして、気淑《きよ》く風和《やわ》らぎ、妻はお手手を繫《つな》ぎ、スカートの裾をひるがえす。

午後、領主館を出て、俺は妻と共に剥き出しの田舎道を歩いていた。

「ふぅん、直《じか》に歩くとこのような感じがするものなのですわね」

楽しげな様子は良いが、その発言は、やはり彼女は生粋《きっすい》の貴族令嬢なのだと思わされた。ウェーブがかったプラチナブロンドの髪を風が優しく撫で、大きなエメラルドの瞳が俺を見詰める。

「この道は馬車でしか通ったことはありませんもの。それがまさか、デズモンドさまと共に歩くことになろうとは――、思ってもおりませんでしたわ。ふふ」

我が愛しの妻シャーロットは、絡めた指にキュッと力を籠めてきた。ジィン、と甘い痺れが腕の方にまで伝わって、幸せそうに微笑む彼女には、思わず俺の口元もくすぐったくほころんでしまう。俺だって、前世の記憶を取り戻すまでは、夢見てはいても、夢にも思わなかった。もしもこれがやはり夢だということであれば、吐血して死ねる。

それでも、この甘さでは、やっぱり吐糖して死ぬかも知れなかったが――、

我が最愛の妻は、二十九歳とは思えない、言うならば、二十歳そこそこの若々しく初々しい、そして少女じみた顔で、幸せそうに微笑んでいたのである。

――幸せです《コフ》ッ！（吐糖）

しかし、剥き出しの田舎道。

元々が由緒正しきテラス伯爵家次女、生粋の貴族令嬢であるシャーロットの夫が治める地の道路が、こんな有様ではどう思われるか心配だったが、楽しそうな様子には杞憂だと思えた。清楚なブラウスにスカートはまさしく避暑地を訪れた深窓の令嬢だ。ただしここにあるのは、別荘ではなく本邸だけど。

この世界には魔法があるので一概には言えないが、中世ヨーロッパほどの文明の発達具合である。だからもちろんアスファルトの舗装などは望めないが、領主の屋敷のある、言わば中心地の道が剥き出しの田舎道なのだ……。

長閑《のどか》な道の脇には、腰の高さほどの茶の木がもうすぐに来る収穫のときに向けて青々と緑を萌え立たせ、様々な果樹が斜面に沿って生えているのも散見される。そのところどころに、まるでメルヘンのような、可愛らしい家々が建っている。種々の作物の植えられた畑に、鶏小屋。豚小

屋や牛小屋、山羊を飼っている家は、放牧、堆肥の関係などから、もう少し外縁部の方にあるのだが、流石にそこを街と言うのは烏滸《おこ》がましいだろう。

この町の発展具合は、実際町と言っても良いのかすら疑問なレベルの田舎なのである。中心地がこんな状態なのだから、他の村々は推して知るべしだ。

それでも、手ずから音頭を取って、端正に拵《こしら》えた自分の領地。鄙《ひな》びても風流な景観の中にいると、気分は前世日本の、軽井沢の領主と言っても過言ではないのである。

ここがかつては細々とした畑と申し訳程度の畜産しか出来なかった不毛の土地だった、と言われても、信じる者はいないだろう。自分でやったことながら、俺だって信じられないもの。

そして、まさかシャーロットと共に歩けるまでになるとは――。

ここでぶっちゃけて種明かしをすれば、俺が領主に封じられるに至る功績、農地改革とか、新たな防衛機構の開発とか、そうしたものは、別段前世の知識を使った知識チート、ってワケではなく、単に、貴族の魔力を活かしての力技なのであった。

だって、俺が転生者であったことを思い出したのはついこの前のことだったし、それまでに残っていたのは前世の知識の断片のようなもの。しかも俺ってば、そもそも農業とか畜産とか詳しくないし。だから俺のやった施策といえば、
たとえば土を耕すのに魔法を使う。

たとえば畑に撒く肥料に魔力を籠める。

魔力の補充が必要でも、魔力によって動く防衛装置を使う――といった愚直なものだ。

それらはめざましい成果を上げたが、今までそういう手法に気がついてこられなかったというよりは、農地や農業といった平民の営みに尊い貴族の魔法を使うとは何事か、そして、魔法とは戦闘用に使うもの、ヒト同士、或いは魔獣と戦うために使うものという、凝り固まった選民思想、魔法尊重主義によって、長年の裡《うち》に平民にまでかけられていた制限《リミッター》があったからに他ならない。

だから俺は前世の知識を使ったというワケでもなく――それでも前世知識の断片があったからこそ気が付けたものもあったが――、単に領地経営に魔法を導入しただけなのだ。

もちろん、尊い魔法に対してなんたる不遜な、とかイチャモンをつけてくる上級貴族がいたが、そんなやつらは、『灰色の猟犬』であるランドルフのお爺ちゃんが、千切っては投げ、千切っては投げ――は流石に立場上出来なかったが、裏で色々と動いてくれていたらしかった。彼、軟弱は咎めるし常識人ではある筈《はず》なのだけど、倫理や通俗よりも、面白いことはどんどんやれやれって方なのだ。そして農業以外の俺の功績もそんな感じだった。

そして俺についた二つ名は『ダムウィードの異端児』。

そりゃあ友達もいなくなろうというものなのだ。まあ、下級貴族の一部や、俺みたいな次男以下の子息は賛成してなくもなかったけど、それだってほぼ交流はないのである。

――いいもん！　今はシャーロットがいるから！

ってなワケで（どんなワケだ？）、俺がどうやってアルドラ領を変革したかって言うと、魔法を使っての――ぶっちゃけ俺は魔法苦手だけど、一方向性の力技ならば、問題はないのである（その間、領民たちには避難していてもらった）――、

水、ジャヴァー！（土地に水気を含ませる）

土、ズゴゴゴゴ……。（浸透させ、混ぜ合わせる）

風、ビュォワァアアアーッ！（適度に水分を飛ばし、土を乾かし、風の入り込む深度を変えることによってその水脈を地中深くに押し込んだり）

で、不毛の大地が潤うまで耕してやったというワケなのではあったが、そこに猟犬《ランドルフ》が狩ってきた魔獣とか、土に良さそうな植物やらを混ぜ込んだりして……（まあ俺も魔獣狩りには参加させられましたけど？　領主本人を巻き込むとはなんたることか！　……ああ、今でも思い出せば気が遠くなる……あのお爺ちゃんが肥料になるものを狩ってくる、採ってこようぜって言えば、俺に断れる筈もなく……）。だからぶっちゃけこの下に何が埋まっているのか、もはや俺もよくわからないのだよ（笑）。

――ウン、笑いごとじゃあねぇな。

だが八年経っても何も起こってはいないのだから、大丈夫だと信じよう。そうしてまずは土地の地盤を整え、土地を耕し、自分好みの作物やら何やらを取り寄せさせては植え、そして家畜の数も増やさせて、自分の思い通りの領地を作る。リアルで領地経営シミュレーションゲームをしている気分だった。

そうしてこの領地を、俺は復活させたのだった。

復活ってか、そもそも生き生きしていたことは聞いた限りなかったのだけれども。まあ、そのおかげで、そして魔法の行使を目にした領民たちは、俺に感謝と畏怖を捧げ、まるで守り神のような扱いにされているのであった。つっても俺が思うに彼らの態度は――まあいいや。

んで、だから、俺がここに封じられたのも、シャーロットと結婚したのも八年前だったが、実際に彼女を呼んだのはそれらが落ち着き屋敷を建てた、一年後になるのではあった。

嗚呼、あのときのシャーロットの眼は今でも思い出すことが出来る。やっとカタチが出来たばかりの田舎町、こんなところが貴族の住む土地なのですの？　と軽蔑しきったその眸《ひとみ》、そして種付けをしてみるぞとなればそれが死んだ魚の眼のようになった。

あの時の様子で罵られるプレイに興味がなくもないが、きっと心が耐えられないだろう。ってことで、ここをシャーロットと共に歩けるとは、嬉しさもひとしおなのであった。

「ここは気持ちの良い土地であったのですわね」

愛しの我が妻がエメラルドの瞳をキラキラとさせ、大きく深呼吸をすれば、白く清楚なブラウスが豊満な胸部に、更にこれでもかと持ち上げられて上下した。

――もちろん俺は眼を奪われてしまう。

スカートをひるがえす足取りは優雅であり、まるで円舞曲《ワルツ》を踊るかのようで軽やかだ。

日の下に顕《あらわ》れた妖精のような彼女に、どうしてこんな女性が俺の妻になってくれたのだろうか

と、不思議にすら思えてしまう。

「どうかされましたの？　デズモンドさま」

「いいや、愛する妻に、ようやく私の整えてきた領地を見てもらえたと、嬉しくなってな」

「デズモンドさま……」

しかしシャーロットは、すぐに申し訳なさそうにした。彼女の言いたいことは分かる。何せ彼女は、この領地にやって来てからというもの、一度も、こうして俺の領地を見て回りなどしなかったのだから。やむなく出かけるときも馬車の中で、窓から外を見るなど、しようハズもない。

俺はソッと彼女の手を引いて、手の甲に口づけてやった。

「はぅう……」彼女の顔は真っ赤になっていた。

――ウン、可愛い可愛い。

「私も君を放っておいたのがいけなかったのだ。気に病む必要はない。しかし、こうして手を握って外に出てきてしまったからには、私の領地を隅々まで案内しよう」

そうして軽く耳元に唇を近づけてやった。

「君が私に、その肉体《からだ》を隅々まで見しぇてくれたように」

――しまったッ！　何故俺はこんなところで噛むのだろうかッ！　く、ぅううう……、もっとビシッと決められるようになりたいぃ……。

とは思っても、シャーロットは顔を赤らめて、目元も口元も緩ませていた。これはこれでドッ

キリならぬドスケベ大成功なのだけど、しかし、流石にここで発情されるのはよろしくない。何せ、

「奥さま、自重なさってください。外でされてはならない貌《かお》をしておられます。とてもいやらしいお貌です」

「ハッ、そ、そのような貌はしておりませんわっ」

慌てて取り繕う奥さまだったが、キャスリン、良い仕事だ。——そう、俺たち——ではなく、シャーロットにはメイドが付いてきていたのであった。

それもそうなのだ。いくら魔法が使えて、自分で自分の身を守れても、俺たちは貴族であって、領主と領主夫人。護衛兼、お世話係の人間がついていなくては、むしろおかしいのである。

だから、普段は供《とも》をつけずに出歩いている俺こそがおかしい——と言うか、

『貴族の男子たる者、この領内で起こる危険ごとき、自ら対処できて然るべきですなぁ』

とランドルフのお爺ちゃんは、俺を護衛するどころか別の護衛をつけることも許してはくれなかったのだ。——放任主義《スパルタ》め！　それに比べれば、彼女たちの、なんと斯《か》くあるべきことか。あわあわと顔を赤くして否定する奥さまに、しれっとしたメイド。そこはかとない百合の花の薫りも絶妙なエッセンス。

——素敵だと思います。

「もちろん、旦那さまも自重してくださいませ」

と、内心でサムズアップを送っていれば、キャスリンは俺の方にも、涼やかな美貌の細い眼を向け、諌《いさ》めてきていた。仕事に抜かりがない。苦笑しつつも、新鮮なやり取りにはホッコリとしてしまう。

が、

「先ほども奥さまのお胸を凝視しておられて、そのことも自重すべき点であると、私は愚考する次第でございます」

「「ふぇっ？・」」と俺はビクついて、シャーロットは、今度は牝ではなく乙女の貌で赤くなり、慌てて自身のお胸を押さえておられた。

むにょんっ

と、魅惑的に形を変えて。

そんなん見せられて自重できるワケないやんけーッ！

と、叫びたくなるのを抑《おさ》えつつ、俺は「あ、ああ、そうだな……」と呟いて、ソッと眼を逸らさせていただいた。がしかし、

「し、仕方がありませんわよ、キャスリン……」と、この最愛の奥さまは、羞《は》ずかしげに顔を赤らめられながらのたまう。

「だ、だって、……デ、デズモンドさまは、お、お胸がお好きなようですから……」

「ふぁッ!?」――待ってッ！　待って待って待ってッ！　我が最愛の妻《シャーロット》よ、何故短刀《ドス》を小脇に抱

えて夫に体当たりをしだした？

キャスリンはほぼ無表情に近い表情《かお》をしたままだったから良かったが、これが主人であろうがハッキリと顔に出すメイドであれば、養豚場の豚を見るようなエゲツない眼をしていたに違いないのだ。

──きっとクセになってたよ？

それでもキャスリンは無言で、細めの目つきで、凝《ジ》ィっと見詰めてくるではないか。そのメイドのお胸はシャーロットと比べるべくもなく小振りで──などと思っていると、有能メイドの視線が冷えてきた気がするのは気のせいだろうか。うーん、心地良い春の陽気の昼下りなのに、こめかみの辺りに伝う汗はとてもとても冷たいぞぉ？　その、実際は何を考えているのか読み取りにくい、涼やかな美貌のメイドは唐突に口を開いた。

「デズモンドさまはお胸がお好きなのですか？」

──っぐッ！

「否定はしない」言外にそれ以上追及するなと眼で言ったが──、このメイド、あえて空気を読まない。

「奥さまのお胸がお好きなのでしょうか。それとも、お胸自体がお好きなのでしょうか？　たとえば、私の胸は奥さまとは比べるのも烏滸《おこ》がましい程度の大きさではありますが、こうしたお胸であろうとも、デズモンドさまはお気に召されるのでしょうか？」

「そ、それは……」息もつかせぬメイドの口撃に、俺は助けを求めてシャーロットへと視線を送った。きっと彼女なら、

『キャスリン、デズモンドさまが困っているではないですか、デズモンドさまはわたくしのお胸に興味がある。それで充分ですわ』って……、

「わたくしも知りたいですわ」

《シャーロットはキャスリンの援護に回った。シャーロットの口撃。キャスリンは力を溜めている》

「デズモンドさまは、わ、わたくしのお胸を、それはそれはもう夢中でお触りになり、お、お吸いになられますわ」

言いながら顔を赤らめているシャーロットは、いつも通りに可愛らしいなんてぇもんじゃあなかったが、初春の日、陽にして、気淑く風そよぐ青空の下、口にして良い言葉じゃあないんだぞぉ!?

そして、奥さまはさらに踏み込んでくるのであった。

「それは、お胸が好きだからなのでしょうか、それとも、わたくしが好きだからなのでしょうか、或いは、大きなお胸が好きなのでしょうか。もしかすると、小さなお胸がお好きであったり……

――教えてくださいませんか、デズモンドさま」

2

え、何？

これって、なんてクイズ番組？　しかも、正答の可否が俺の生死に直結しそう……。

俺は覚悟を決め、ゴクリと唾を呑み、滅茶苦茶眼を泳がせ、掌にも項にもジットリと冷たい汗をかき、拳を握ったり開いたり、グーパーグーパーして深呼吸をし、そして再び眼を泳がせながら（自分でも往生際が悪いっては思ってはいるのだ）、

「シャーロットのおっぱいだから……」


「嘘ですわっ！」


ビックぅ――――んッ！

とした。

思わずいっしょに鉈《なた》が降ってきたのではないかと思えるような烈《はげ》しさだった。救いがあるとすれば、シャーロットのエメラルドの瞳から光が失せているといった怖ろしいことは起こってはおらず、

「デズモンドさまは嘘を仰っていますわ！　なんとなくわかりますもの。わたくしのことなど気にせず、ご自身の欲望を曝《さら》け出してしまって構いませんのよ」

と、ぷんすこ頬を膨らませておられることだったろうか――ってか、救いと言うか、俺、果報者だな？

加えて、

「そ、その……、わたくしのことを想ってくださるのは嬉しいのですが……」なんて言って頬を桜色に染めて肩を竦めながらモジモジされれば、惚れ直すどころではないのである。

――萌え殺される。この二十九歳児に。

「デズモンドさまがご自身の想いを押し殺されることはありませんわ。もしも、わたくしのお胸が大きすぎるて困る、わたくし自身よりもお胸の方が好きなどと言われれば、確かに悲しくはなりましょうが、わたくし、受け入れますわ。だって、デズモンドさまは、デズモンドさまなのですから」

心配そうな、しかし、『それでも信じていますわ』といった風情で、オズオズとしてエメラルドの上目を寄越してくる彼女は可愛らしいといったらない。胸がきゅぅん、としてしまったし、あまりの愛されっぷりに、心臓が血潮の代わりに血糖を送り出しはじめたのかと錯覚もしてしまったし（それだったら恋の病ではなく糖尿病になってしまう）、この娘は一生大事にしようとも思った。

そしてそれと同時に、この娘、裏切ったらヤバいことになるんじゃねぇのか（裏切る気など毛頭ないのだけれども）、とも思ってしまうチキンな俺なのではあった。

「それで、デズモンドさま、お答えは？」

おいコラメイドぉおッ！　言い残すことはございませんか？《ファイナルアンサー》　みたいに言って主人を冥途《めいど》に送ろうとしてんじゃねェよッ！　あ、ちょっと上手いこと言えたかも、なんて気になってはいないんだからなッ。

「デズモンドさま、どうですの？」

と、メイドに揃って、奥さままでもいっしょに尋ねてこられる。

――おっぱいについて！

俺は内心汗ダラダラで、しかしもはや言い逃れの出来ないこの状況に――、

「シャーロットが、好きです。お胸は、好きです。大きなお胸、好きです。それでも、小さなお胸も、好きです。お胸に、貴賤はありません」

「まあ」

と奥さまは可愛らしく、眼も口もまぁるくされていた。

俺の方が、「まあ」だよ……。

その奥さまは頬に手を当てられて、初々しく頬を染めた「令嬢の構え」。そこには、軽蔑の色など毫《ごう》もない――ハズだ。助かった――のか？

おっぱいが、好《しゅ》きでしゅ、でも、シャーロットの方が、もーっと好《しゅ》きでしゅ。

とでも答えれば、多分にウィットに富んだ答えになっていたかも知れなかったが、残念ながら俺は、自分がどこまでおっぱいが好きなのかわからなかったし、それは天秤の左右に並べられるものではないと思ったから、そう答えることにしたのだった。

だが、ちゃんと正直に答えたはずであるというのに、この胸の感覚はなんなのであろうか。胸の裡を曝け出した爽快感も無きにしも非ずではあったが、その際に、何か決して喪《うしな》ってはならなかったものも、コロコロポロポロと零《こぼ》れ落《お》ちていってしまった気もしたのであった。ああ、これが、喪失の悲しみなのかも知れない——。

俺は自身の、男の平らな胸へと、まるで心臓を捧げるかのように左手を当て、青い空を見上げ、その頬には一筋の魂の雫が滑り落ち……、

「そうですか、それでしたら、お触りになりますか？」

ふひゅんっ

と、俺の魂の雫は引っ込んだ。

「え……？」——メイド？　メイドがナンデ？

マジで？　触っていいのなら是非触らせてもらいたいけれど……、

「デズモンドさま、触りたそうですわね」

シャロットッ!?（動揺《テンパ》った所為で別人の名前となってしまった）

「そ、そんなことは……」

いいいい、しどろもどろだ！

「ですから、そのようにご自身の欲望を押し殺さないでくださいませ」と、彼女は諭すように言い出した。

「デズモンドさまは貴族であり、しかも領主なのですわ。もっと、したいことをなされば良いのです。確かに、キャスリンはわたくしのメイドではありますが、デズモンドさまが触りたいと仰《おっしゃ》るのであれば、わたくしからも命じますわ」

うぇえええいッ!?

と、妙な声が出そうになるのはかろうじて抑え込んで、

「…………コホン」貴族であり領主である威儀を最低限でも正した。

「シャーロットよ、私はそのように権力を楯に取って言うことを聞かせようとは思わない。キャスリンの気持ちというものがあるのだし、それに私が他の女性の胸を揉むことで君がどう思うか……」

「構いません（わ）」

「――――」この奥さまとメイド、息がピッタリだ。流石は幼いころから共にいるだけはあった。容姿は似ていなくとも、その息の合い具合はまるで仲の良い姉妹のよう。いやちょっとは容姿も似ている？

だがしかし、その息の合った様子で、二人して旦那さまに迫るとはなんたることか。しかも二人揃って妹分の胸を揉んでみてはどうか、などとは……、

俺、こんなとき、どんな顔をすればいいのか分からないの。

たぶんだけど、キャスリンは奥さまのあられもないご様子を何度も覗き見て——午前中のハッスルはやっぱり彼女が止めに来るまで続いてしまっていたのである。見られることに俺たちが少しずつでも慣れてきてしまっていることも問題ではあるけれど——キャスリンも俺たちの痴態に、性愛術で感じるとはどのようなことか、気になって仕方がなくなっているのだろう。

俺だって、いくら彼女のおっぱいがシャーロットと比べるレベルでもないほどに小振りであるとしても、おっぱいに貴賤はないと言ったからには、その小振りっぱいを思う存分にネットリじっとりと玩び、肉体《からだ》に快楽を教え込むことはやぶさかではない。

もちろんシャーロットは愛している。そして彼女こそが一番だ。しかし、それでも男というものは心と肉体《からだ》——ないしは頭脳と下半身、愛と性欲は別のものと言いますか……。しかもシャーロットも、むしろ触れと言っているのだ……。

俺、ドウスレバイイノ？

しかし、シャーロットは、本当に何も思わないのだろうか？

「デズモンドさまがキャスリンのお胸をお揉みになって、わたくしが何を思うのですの？」

今だって、曇りなきエメラルドの眼《まなこ》で真《ま》っ直《す》ぐに見詰められてきているのだけど……。

シャーロットは性欲を覚えてきているようではあるが、性的魅力によって、男が別の女性になびいてしまうかも知れないことを、理解も、意識もしていないらしい。いやいや、シャーロットから別の女性になびくなんてことはないけれどもな？――ウン。

この世界にはエロス、性欲はないとはいえ、もちろん所有欲、独占欲や嫉妬等々は存在するのである。それが、目覚めた性欲とは結びつかないのだろうか？

……うーん、わからない。もしも希望的観測で、

『やったー、おっぱい揉み揉みー』

などとヤらかして、シャーロットを悲しませることにはなりたくはないし、それにこの仲の良い姉妹のような二人の仲を、乃至《ないし》はユメの百合園を、俺の馬鹿な欲望で裂くことだけは決してヤらかしてはならないことだとは思うのです。

それ以前に、俺とシャーロットの関係がこじれて、再び【火球《ファイアーボール》】案件となって俺が焼き殺されてもしまっては、もはや眼も当てられないのである。

「奥さま」

とキャスリンが口を挟んでくれた。

「旦那さまは恐らく、私の胸を揉まれるご様子を奥さまが見られることで、奥さまが不快に思われないのか、嫉妬されないのか、と思われているのではないのでしょうか」

おお、流石はデキるメイドだ。それにデキない俺は便乗させていただく。

「その通りだ。私はシャーロットを傷つけたくない」

「デズモンドさまぁ……♥」

うむうむ、感激して潤んだ妻の瞳はいいものだ。

「大丈夫ですわ、デズモンドさまがしたいことをなされているのに、それを悪く思ったりなどいたしませんの」

おおお、なんという……むしろ夫の方が罪悪感に押し潰されそうになってしまうほどのシャーロットの良妻っぷり。――ウン、本当に。そのキラキラとしたエメラルドの瞳、眩し過ぎた。罪悪感が急上昇《マッハ》。だけど……、

「本当に？　もしも旦那さまが私の胸をお揉みになられ、そこに夢中になってしまう様子をご覧になれば？　先ほどの旦那さまのお言葉からすれば、私の胸も、旦那さまは夢中でお揉みになられるのではないかと、愚考いたします」

このメイド、追い込み方がハンパねェ……。何がハンパねェかって、俺の方を向きながら言うところだ！　ホラ、シャーロットがエメラルドの瞳を宙に彷徨わせ、その状況を、おそらくは如実に思い描かれ――、
チラリ
と悲しそうな眼で……、

「そ、それでも、デズモンドさまはわたくしを愛しておられますか？」

「もちろんだ！」

「ひゃわっ」

思わず力いっぱいになってしまった。だけどこの力いっぱい具合は、むしろ滅茶苦茶疑わしくはなかろうか。それに、俺が夢中で揉むことは彼女の中でも確定らしかった。嫌な信頼感だ。シャーロットの驚きの声は、何度だってループ再生したいくらいに、そしてそうすれば確実に中毒を起こすだろうくらいには可愛らしいものだったけれども……。

――ホラ、見ろよ、メイドのあの細い目つきを。

普段と何も変わらないのに、滅茶苦茶疑惑の眸《め》に見えるのは俺の気のせいか本当なのかわからないじゃねぇか！　あのほぼほぼ無表情、感情が読めなくって怖すぎた！

そして、このほぼほぼ無表情メイドの涼やかな美貌を、快楽に歪ませてやりたいと思わない男はいないのだと思うが如何に。

「それでは、それも含めて試しにお揉みになっていただいては如何でしょうか」

ホラ、こいつ、こんなことを言ってもやっぱり表情変わんないんだぜ？

もはやシュールを通り過ぎてホラーだよ。――だが、

「キャスリンはそこまで私に胸を揉んでもらいたいのか？」

くくく、お返しだ。

「はい」

と答えれば淫乱扱いして詰《なじ》ってや……、

「!?」

そしてメイドは顔色をいっさい変えず、慇懃《いんぎん》に、優雅に続けるのだ。

「以前奥さまにお揉みいただいたときには何も感じませんでした。しかし午前中に、旦那さまに下着を見ていただいた際には、少々むず痒いような気持ちがございました。それならば、旦那さまにお揉みいただければ、感じるとは如何なるものか、性愛術とは如何なるものか、それが少しでも味わえるのでは、と思った次第でございます。

どうか、旦那さま、私の胸をお揉みになってはくださいませんか。私が感じるかどうか、お試しいただきたいのです。もしも、下賤なメイドの胸など揉むことは出来ないということであれば、私は大人しく引き下がらせていただきます」

ペコリ

と、頭を下げられた。

「―――――」なんだよこの追い込み方はッ!?　揉まないとチキンであるどころか鬼畜みたいじゃないかッ！　綺麗な女性に胸を揉んでくれって言われている滅茶苦茶美味しい状況の筈なのに、どうしてこんなにも嬉しくない気持ちを抱かなくてはならないのか！

おっぱいを揉む時はね、誰にも邪魔されず、自由でなんというか――なんというかぁあッ！

しかもチラリとシャーロットを見れば、

『お願いですわ、揉んであげてくださいませ。それに、信じておりますわ。他の女性の躰《からだ》をまさぐられようとも、デズモンドさまは変わらずわたくしを愛してくださると……』

と言わんばかりの視線をお寄越し遊ばせにならせられラレらっしゃっしゃぁあッ！

――イカン、最後の方は顎が出てしまった。COOL、COOLになるんだ、俺。貴族たる者、いついかなるときも優雅たれ。だが、何故おっぱいを揉むという嬉し恥ずかしな行為が踏み絵的行為、拷問に近いものに早変わりしてしまっているのか。

だがしかし、それならば俺にはもはや選択肢なる物は存在しないワケであって……、

「わかった。揉ませていただこう。シャーロットも、安心するといい。私は、たとえ夢中になってキャスリンの胸を揉もうが、私が一番愛しているのはシャーロットなのだから」

握られた手を、指と指を絡めた恋人結びに握り直して、信じてくれとばかりに力を籠めた。

「デズモンドさま……」

良かった、『嘘ですわ！』って言われなかった。

頼もしげに握り返してきた妻の華奢な指の力を感じれば、キャスリンは俺の手の届くところで、メイド服を押し上げる小振りな胸を張って、俺に差し出してきていた。

だからな？　ホント、なんなんだよこの状況……、空はこんなにも青くて、春の陽気は心地良い風と和《なご》んでいるというのに。

俺は観念して、メイドの胸へと手を伸ばした――。

3

ふにゅんっ
もみもみ……

「…………」

「…………」

「────（ぎゅっ）」

もみもみ……

──どうしよう。

俺、おっぱい揉んでる筈なんだけど……。このメイド、全然反応しやがらねェ……信じられるか？　これで揉まれてるんだぜ？

おっぱいを揉まれている筈なのになんら感じることなく（羞恥も、嫌悪も、快楽も、随喜も）、ほぼほぼ無表情の顔のままでおっぱいをふにふにと揉まれ続ける。触れられれば（おっぱいに限らず）、何らかの反応を示そうものなのに、野外でおっぱいを揉む俺を、細い目つきで凝《ジ》っと見詰め続けるだけ。

──あれ？　俺が触れば転生チートが発現して性感が顕《あらわ》れるって、いつから錯覚していた？

初春の青空、心地よい風に、ジワリと溢れ出した俺の嫌な汗でヒヤリとさせられてしまう。しかも、ギュッと奥さまに握られたままの反対の手こそ汗ばんできて……。

「えっと……、感じるか？」

「…………少し？　でしょうか」

「…………（もみもみもむもむ）」

「――――（ぎゅっ）」とシャーロットが手を握りしめる。

おっぱいを揉むのって、こんなにも緊張感のあることだったっけ……？　確かに、この手で揉んでいる感触はおっぱいだ（それがおっぱいじゃないワケがないのだけど）。この大きさでパッドを詰めていることもなく、メイド服と、その下のブラの下には生身の乳房が存在している。そんな感触なのだけど……、

「「…………」」

「――――（ぎゅっ）」とシャーロットが手を握り続ける。

こ、これ、何時まで続くんだよ……、こんな緊張感で揉み続けたら、いくらおっぱい好きでも、おっぱい嫌いになっちゃうかもしれないぞッ？　デキるのであれば、生で揉んで、乳首を責めたり、舐めたり吸ったりしてあらゆることを試してやりたい。だがここが野外であれば、そんなこと、ヤれる筈もないのである。それならいっそ帰ってから……、
嗚呼《ああ》、なんたることであろうか。

嬉し恥ずかし、メイドのおっぱいを揉んでいる筈なのに、時よ止まれ、おっぱいは素晴らしい、と言うどころか、時よ終われ、おっぱいにトラウマを持たせないでおくれ、とすら思ってしまうのだ。

「「…………（もみもみ）」」

「――――（ぎゅぎゅうっ）」

「「…………」」

――誰かッ！　誰か俺をこの沈黙から助けてくださいッ！

と、そんな俺の祈りは天へと通じたらしかった。

「あ、デズモンドさま」

「うぉおっ？」

と、咽喉《のど》まで出かかった声はかろうじて呑み込んだ。そして反射的に、キャスリンのおっぱいを揉みしだいていた手は引っ込められていた。確かに、確かに俺は誰か助けてくれとは思った。しかし、まさかそれが、我が領民だなんて――。

向こうから、いかにも農婦といった風情の女性がやってきていた。

今の、見られてた？　見られていても暇を持て余した（？）お貴族さまの奇行《あそび》として取ってくれたとは思うが……、それにエロスのないこの世界、白昼堂々胸を揉んでも、奇妙なことをしているとは思われてもいやらしいことをしているとは思われない筈なのである。――たぶん。

と、俺が内心のチキンハートをビクビクバクバクとさせていれば、そのまま彼女は、貴族であり領主であって、そして守り神のように思っている筈の俺の許《もと》へと、土を踏みつつ、なんら臆することなく近づいて来たではないか。

——ちょっとホッとした。そして慌てて領主の威厳を整えた。

だからメイドが、

法《ホウ》、

と一つ肩で息をするのを、俺は見逃してしまったのであった。

しっかし、こちらに近づいて来る領民の彼女にはなんら臆した様子はない。だがそれも当然の話ではあるのだ。普段から独りで領地を出歩き、視察し（散歩じゃない、視察だって言ったら視察なんだから！）、フレンドリーに（ただし最低限の威厳は保っている——筈《はず》だ）、領民たちと親交を深めていれば、こうやって気軽にやり取りをしても、まるで不思議じゃないのだ。

「今日採れたイチゴ、食べますか？」

「ああ、ありがとう」

パシィっ、

と、投げつけられたイチゴを見事キャッチした。

貴族で領主の俺に対して、見事なまでの不敬具合だったが、オーバースローで、まるで迫害するかのように、或いはトマト祭りのように、思いっきりぶつけてくるわけでもないので、器の大きな領主であるデズモンドさまとしては、なんら咎めることなどないのである。これでも彼女たちは敬意を以て一線は画していたし、日々の交流の賜物として俺も嬉しくはあるからな。

「もうそんな時期か。また今年もマイアのイチゴが食べれるとは、領主をしている甲斐もあるというものだ」

そう言うと、彼女はニカッと破顔した。日に焼けて、健康そのものの農婦の顔だ。気持ちが良く、精悍と言ってすら良い。亜麻色の髪を三つ編みに結び、とび色の瞳が太陽の光を良く吸う。俺とそう変わらない歳で、日頃力仕事をしている所為か肩幅も大きく、そして以前に見せてもらったところによれば、その長袖シャツの下には逞しい二の腕が秘められている。

とても——立派でした。

ノッシノッシとズボンの大股で歩き、その胸も尻も豊満だ。胸の大きさだけでいえばシャーロットといい勝負なのだが、彼女と比べれば、この華奢な肢体で魅惑の果実を維持している我が妻は、まさしくファンタジー。魔法を使える貴族の面目躍如といったところに違いない。

マイアは小脇にイチゴの入った籠を抱えていた。

彼女が一足先に投げつけてきたものと同様、太陽の光を浴びて艶々と光沢を放つ大振りのイチゴたちは、成程《なるほど》、赤い宝石、畑のルビーとはよく言ったものだ。

「ん？　珍しいですね、デズモンドさまが誰かといっしょにいるなんて」

と彼女は俺のシャーロット、とキャスリンに目をやった。そうしてすぐにその瞳を真ん丸くして、キラキラと輝かせだす。元々唐《カラ》っとして気持ちの良い声ではあったのだが、今ではそのトーンも高くなっていた。

「うわぁ……すごい綺麗……お姫さまみたい。女中さんもいるし……デズモンドさまが貴族だったってこと、改めて思い出しました」

悪かったな、いつも独りで。そして、貴族に対して、領主に対して、不敬であるぞ。

――って、他の住人たちと話すときの彼女は、もっと豪放《さばさば》としているから、これでも十分敬意は払われている……とは思いたい。

「デズモンドさま、イチゴ、食べに来られます？　お茶も淹れますよ」

「ああ、伺おうか」

平民のお茶とは言っても侮るなかれ。これが十二分に美味い。というか、俺の屋敷の紅茶って、この辺りで作られているものだから、同じものなのだ。シャーロットも確か飲んでいたから、問題はない筈……。しかし、チラリと俺が視線を向けたシャーロットは、

――うぉおうッ!!

素《ス》ンッ、

と、

先ほどまでの可愛らしい様子が嘘のように、冷たく佇《たたず》みあそばしていた。エメラルドの瞳も、

相手を映すことで内面を覗かせない頑《かたく》なな鏡のように、無機質にマイアを映すばかり。しかもマイアの方が背は高くとも、顎を引き、決して見上げるようなことはせずに、見下ろすような雰囲気なのだ。

気高く、平民など、話すことも、仰ぎ見ることも畏れ多い由緒正しい貴族令嬢モード。

マイアを平民と見て取った彼女は、絶《A》対・貴《N》族フィールドをお張りになられていた。しかもそこはかとなく感じる雰囲気としては、

『この平民、デズモンドさまに不敬ですわ。ですがデズモンドさまにはお咎めになる様子もなくて……。そもそも、デズモンドさまは貴族でありながらも、領民と親しく交流をもたれていたとキャスリンから報告は受けておりましたし……、それでは、わたくしが咎めれば、むしろデズモンドさまに咎められてしまうのはわたくしの方……、…………ハッ！　いいえ、いいえ、それで罰を受けたいなどと、そんな、はしたなく、浅ましい……。ですが、デズモンドさまは淫乱なわたくしがお好きなご様子でして……』

――って！

待て待て待て待て！　俺、なんでそこまで彼女の雰囲気を読み取れてしまっているんだ？　いやまあ確かに、シャーロットの方でも俺が思っていることを過《あやま》たずに推測したりできてたけど……って、そうじゃあなくて。

「シャーロット」

「はい」

俺が呼べば、シャーロットは美しいビスクドールのような様子で俺に従ってくれた。貴族の女性なんて、子供を産む道具でしかないという、貴族社会の悪しき風習を思い起こさざるを得ないような、そんな従順さだった。

貴族の女性として躾けられてきたシャーロット。

そして、俺やキャスリンに見せる素のシャーロット。

どちらも彼女自身ではあったから、貴族としてあろうとするシャーロットを否定などはしない。

それに、そんな貴族の女性を俺色に染め直していく愉悦のためにも貴族モードは残っていて欲しいのだけど……しかしそれでも、『ダムウィードの異端児』などと呼ばれ、このアルドラ領の領民たちと、立場としての身分の違いはあれど、同じ人間として親交を深める俺、デズモンド・ダムウィードの妻としては、平民を見下すようなことでは駄目だと思うのである。

俺はシャーロットの耳元へと唇を近づけ、沁み込ませるように囁いてやった。

「シャーロット、貴族としての威儀を正すのは良い。だが、それで平民を見下すことはいただけない。貴族としての教育がどういうものであるかは、三男であろうとも貴族の末席であった私も良く知っている。しかし私は思うのだ。貴族であるからには、むしろ平民たちに寛容であるべきだと」

シャーロットは静かに俺の言葉に耳を傾けていた。

しかし、これまでに貴族としての教育をこれでもかと施され、子供を産めないということで、こんな辺境の領主にすぎない俺なんかのところに嫁がされ、自分を否定されてしまった彼女なのだ。

『貴族でも、平民でも、同じ人間なのですよ』

などとご立派なことを言ったところで、彼女の心に届くはずがない。二重否定で帳消しになるなど、そんな馬鹿でお手軽な話は存在しないのだ。だからこそ俺は、彼女を否定せず諭した。

「貴族であるからこそ、平民に寛容であり、弱者へと手を差し出す。それこそが、貴族が貴族である、本当の所以なのではないのかな？」

自分でこう言うのは、とてもとても烏滸がましくって、恩着せがましくって、偽善者ははなはだしくって好きではないのだが、

「私が、シャーロットに手を差し出さずにはいられなかったように」

ピクンっ、

と、彼女は反応していた。これなら彼女に刺さったようだ。が――、

「――いや」と俺は思い直した。何故ならば、

「そう言ってはシャーロットに失礼だな。シャーロットは弱い女性ではないし、私はシャーロットを助けたくて手を差し出したのではない。ただただ君が欲しかったからだ」

ひくひくっと、彼女の震えが伝わってきた。それには鼻の穴が膨らみそうになってはしまった

のだが、

「たとえが悪かったな。平民を寛容し、弱者に手を差し出すのと、好きな女性が欲しいということは別のことだ。――悪い。どうも私は話が上手くない。だから上手くは言えないのだが、言いたいことは、貴族の威儀は保っていても、平民を蔑むような態度は改めて欲しいということだ」

――俺、結局元に戻ってんじゃねぇか。

うーん、ビシッと決まらない。真っ直ぐに要求を伝えても、今のシャーロットであれば言うことを聞いてくれるような気はしているのだけれども、無理矢理は嫌だ。シャーロットの納得がいくように、彼女を否定しないように搦めて納得させるつもりが、堂々巡りで結局要求そのものを伝えてんじゃねェか。

はぁ、俺、説得とか向いてないんだよなァ……、つくづく、腹芸の応酬ばかりの、貴族の社交界なんかと縁がなくって良かったと思うのだ。

――ま、シャーロットの説得は失敗だ。

そうしてチキンな俺は、彼女に嫌われないよう、取り繕うのである。

「私はそう思うが、シャーロットにはシャーロットの考えがあるだろう。だから、私の言葉は一つの意見として、――まあ、聞き流しておいてくれて構わない。済まないな。

このイチゴも、彼女の淹れてくれるお茶も美味しい。是非とも私は君と共に味わいたいと、常々思っていたのだが、君が嫌がるのであれば……」

キュッ、と、恋人結びのままであった指に、力が籠められた。ソッと、気恥ずかしげに潤んだエメラルドの瞳が俺を見上げてきた。そうして彼女は消え入りそうな小さな声で、

「狡いですわ、そのようなことを言われては、わたくし、断れないではないですか。どこまでも――お供をいたしますわ」

「シャーロット……」

俺と我が最愛の妻は見詰め合って――、

「――コホン」

おぉっとぉ！　危ないアブナイ。絶妙なメイドの咳ばらいがなければ、思わず抱きしめて唇を重ねているところだったぞぉ？　おかげで領主としての面子も保たれた。

そして、彼女はまた握った手指に力を込め、口を開く。

「……すぐには無理かも知れませんが、デズモンドさまの仰ったように、平民の方々とも、関わってみようと思いますわ」

「シャーロット……」

そして彼女はちょっと悪戯っぽく、そして、艶っぽく微笑する。

「何せ、わたくしは〝普通ではない〟貴族のデズモンドさまの妻なのですわ。わたくしも、共に……」

ふふふ、その〝普通ではない〟の成分について問い質《ただ》してみたいところだが　何はともあれ、

俺の残念な説得のどこが彼女に響いたのか、それはなはだ不明だったものの、彼女は態度を軟化させてくれたようだ。ならばそれに越したことはないのである。

うむうむ、佳《よ》きに計らえ。

「二人、仲良いんですね。もしかして、噂の奥さまですか？　ずっと二人の世界に入ってしまわれて」

うぉうッ!?

と叫びそうになったのはかろうじて堪えた。マイアが横から微笑ましそうに見ている。領主の面子、領主の威厳。俺は精いっぱいの威儀を正して、

「ああそうだ。彼女が、私の愛する妻、シャーロットだ。シャーロット、こちらは、農婦のマイア。私たちの屋敷にも野菜や果物を納《おさ》めてくれている」

「マイアといいます。はじめまして、奥さま」

そう言う平民の彼女に、シャーロットは軽く会釈をしていた。

善し善し、良いぞ。滅茶苦茶な進歩じゃあないか。流石は俺の嫁（ガチ）。

って、しまった。男女の情愛にかまけるのは、軟弱者って言われるんだった。——ああ、いや？　それは貴族の間だけだったな。平民の中では、軟弱者とは言われない。むしろ夫婦仲が良いとして好まれる——が、やはり情愛とは言っても、性的、エロスを含まないのがミソではあるのだが。

愛欲と性欲の境界なんて分かったもんじゃあないのだけれども、この世界で二十八年間暮らした上で、前世の記憶を思い出して照らし合わせられる俺にとっても、これは愛欲、これは性欲、などと明確には区別できないのだ。

しかし、シャーロットは確実に俺の影響で性欲が湧くようになっているけどな？　おじさん、無垢な娘にイケナイことを教えまくってる感覚で、ムラムラ、ドキドキしっぱなしです。

と、絡め合ったままの指をにぎにぎとしてヤった。

「やっぱり！」とマイアが声を上げた。「デズモンドさま、良かったですね。デズモンドさまからも、奥さまからも、お互いにさっきからずっと手を握っていられていますし」

…………しまったッ！　ずーっと握りっぱなしだったッ！

人前だというのに、あまりにも自然すぎて、忘れてしまっていた。

照れ隠しに齧ったイチゴが、やけに甘かった。そして甘酸っぱいっ！　にしても、改めて指摘されたこの気恥ずかし過ぎる感覚はなんなのであろうか！　しかも微笑ましげな、ってかマイア、ニヤニヤしてんじゃねーよ！

エロスはなくとも、

『あらあらまあああ』

は、あるのである。

うぅう、恥ずかしい……。ホラ、シャーロットだって、態度は軟化させるとは言っても平民の前、人形みたいにおすまししているけれども、その頬はやはり薄っすらと赤らんでいるのである。

その可愛い様子に、俺は思わず脂下《やにさ》がりそうになる。

「旦那さま、それ以上顔を崩されるのは拙《まず》いと愚考いたします」

流石、ヤるじゃないかキャスリン。

いくら俺がスウィート貴族マスクでも、伸ばしていい鼻の下の長さというものが存在するのである。その閾値《いきち》を超えれば、領主の威厳が崩壊するのもやむを得ない。しかしホント、君、必要なとき以外は「気配遮断」してんのな？　怖えーよ。

「ええと、メイドさん――」と、マイアが言葉を詰まらせていると、

「キャスリンと申します。マイアさん、良しなに」慇懃に、優雅に。メイドのキャスリンはお辞儀をして応《こた》えた。

「ほぉお……」惚れ惚れするような仕草に、マイアが感嘆の声をあげる。

ふふふ、これが貴族の従者だよ、君ぃ。

俺の従者じゃないがな！　ランドルフお爺ちゃんめぇ……。

だが、俺が優越感と噴飯に苛まれている暇などはないのではあった。

「キャスリンさん、大丈夫ですよ。デズモンドさまは普段からけっこう、表情に出る方ですから」

…………。

メイドよ、ほぼほぼ無表情な表情《かお》は一見変化がないようには思われるが、何か言いたげな眼で

見られているのは俺の気のせいだけか？　悪かったな。だから今まで俺は領地の視察はいつも独りで、誰も注意してくれる人はなく、……いつも、独りで……、

キュッ、

と、シャーロットに絡めたままの指に力を籠められた。

『わたくしがおりますわ』

と。

——ウン、それはとてもとてもありがたいし、嬉しいものなのだけどな？　思わずそうしてしまうほどに、今も俺、顔に出てた？

マイアだって微笑ましく見てやがるし……、くぅう、威厳なんてそもそもなかったって言うのかよッ！　……くそぅ……。

「デズモンドさまは知っておられるでしょうが、それでは、お三人とも、私の家に案内します」

気恥ずかしくとも今更手を離すことも出来ず、俺はむしろ自分からも指を絡めてシャーロットとお手手を繋ぎながら、農婦の大きなお尻についていくことにするのであった。

4

「まさか奥さまがこんなに話の通じる方だったとは知りませんでした」

「わたくしこそ、マイアがそこまで精通していたとは、驚きですわ」

うふふ、あはは。

と、女性が談笑している中で男一人って、どうしてこうも辛いのだろうか。

マイアの家で、俺たちはおもてなしを受けていた。

小ぢんまりとしたリビングには必要最小限の物が置かれ、しかし、平民の、農家の夫婦が住んでいる家にしてはそこはかとなく洒落た調度である。それは、そうしたことに気を遣えるほどの余裕があるということだ。領主としては余裕のある領民の生活に満足である。

その中央のテーブルに、俺とシャーロットが隣り合って座り、その向かいにはマイア。そしてキャスリンは、
透《す》う、
と、
まるで全自動お茶汲み装置のように——否、そんなチャチなモンじゃあない。そのあまりにも優雅でさりげない自然さは、まるでカップに勝手に紅茶が湧き出していくよう——シャーロットのカップへと紅茶を注いだ。そうしてマイアの方にも。

俺の分も、飲み干せばきっと注いではくれるだろう。

キャスリンは椅子をすすめられても、まるでこの家付きの妖精のようになって、メイドの務めを果たしていた。農家のリビングにメイドとは似つかわしくなさそうだが、そこは一流メイドの

キャスリン。

「気配遮断」で自然に紛れ込んでいる。

……だから知らない間に刺されそうで怖いんだよ、この暗殺者《アサシン》メイド。しかし、

「私はあのシーンが素敵だって思いましたよ」

「わたくしもですわ。今まですれ違い続けていた二人が、ソッと手を触れ合わせて――」

「「きゃーっ！」」

「…………」

今この場で、最も気配が薄《そんざい》いのは、間違いなく俺だった。

よく、孤独を識《し》りたければ雑踏の裡《なか》へ行けばいいと謂《い》ふ。

誰も声をかけず、気に留めることも、気に留められることもなく人々は行き過ぎていく。同じ人間たちであるのに、通じ合えないだけではなく、お互いただの障害物であるかのように過ぎ去っていく。――言い得て妙だ。

が、そこに俺は一つ付け足したいのである。

自分の存在を疑いたければ「乙女の園」に行けば良い。

『どうして俺はここに存在《い》するのだろう。どうして俺はこんなところに居なくちゃならないのだろう？』

「シャーロットさま、それではこちらの絵物語は知っていますか？」

「もちろんですわ。絵師から直接取り寄せ、最新刊もチェック済みですわ」

「流石です。オスカルさまのあの手の平返しには驚かされていたのに」

「「実は――、きゃーっ！」」

シャーロットとマイアが身を乗り出すようにしてはしゃぎ合う。紅茶を口に運び、イチゴを摘まむ。

ホント、どうして俺はここに存在《いる》するのだろうか？

俺も彼女たちに倣って――而して無言で紅茶を口に運び（ほろ苦い）、イチゴを摘まむ（甘酸っぱい）。どっちも美味しい筈なんだけどなあ……。

どうにも、シャーロットの好きな絵物語を、マイアも好きであったらしく、家に案内された途端、シャーロットは棚に置かれていたその本を見つけたのであった。そうしたらあれよあれよと言う間に一気に二人は意気投合。そしてロマンス絵物語に花を咲かせ、先ほどから領主であり貴族であり守り神であり、そして夫である俺をほっぽっていた。

まあ、妻が楽しそうにしているのはいいのだけれどもな？

俺じゃあ彼女たちの趣味には入れないしな？

それに、平民と打ち解けてくれるのはむしろ望むところで、友達が出来るのはいいことだしな？

たとえ俺に友達がいなくて、先ほどから妙に、メイドの細い眼が、憐れみを含んでいる気がしてしまうほどに、内心寂しく、動揺していてもだな？

…………………。

………………。

帰りてぇ……。どうして俺はここに存在《い》るのだろうか？

もうひと口、紅茶を咽喉に通した。

「きゃーっ」

「きゃーっ」

年甲斐もなく――と言えばぶっ殺されかねないが――黄色い歓声をあげてはしゃぐ二人。

アラサーであろうとも、女性はいつだって乙女なのだなぁ、と、しみじみしてしまう光景なのではあった。それだけに、

「……デズモンドさま」

『きゃーっ』と、急に話しかけられても、俺の方が黄色い声を出すのは、どうにか踏みとどまった。

「どうした、キャスリン」

奥さま関連以外で話しかけてくるのはこれがはじめてではないだろうか。と、若手女子社員から話しかけられた部長のような気持ちで応えてしまう。

「いえ」とこのメイドはいつも通りの涼やかな美貌で、「マイアさんは字が読めるのですね」そ

こには少々感心した響きがあるようにも思えた。

「ああ、それか」

俺はちょっと得意げになりながらも、

「無料の学問所を作ってある。読み書きそろばん《計算》を教え、他にも――」

と言いかけて、言葉を飲み込んだ。

「他にも……？」

「い、いや……」

この場でそれを言うのは憚《はばか》られた。チラリと横目を向ければ、シャーロットは楽しそうにマイアと語らっている。彼女は違うから、ホッとしていたことも事実ではあったのだ。

もしもこの家族がそういう家族だったら、いたたまれないことこのうえないからな……。

「まあ、とにかく、私は平民も字が読め、書け、計算も出来るよう、そうしたことにも努めているのだ」

「感服いたしました」

メイドの素直な賛辞には鼻も伸びてしまいそうになる。鼻の下じゃあないぞ？

これがランドルフのお爺ちゃんであれば、

『識字率が高く、下手をすれば街の者よりも学識を持った町民たち……、ほっほ、デズモンドさまは面白いことを為されますなァ。これでは無知による搾取を受けつけず、批評的思考により権威にも盲目的追従はしますまい。デズモンドさまの民はどのように育つのでしょうなぁ。ほっほ、面白い』

と、そこはかとなく薄暗くて血の薫りがする、褒め言葉とも言えない論評をなされていたものだから冗談じゃあないのである。そこに猟犬の牙のようなものが見え隠れしたことには見ないフリをしておいた。俺はただただただ、その方が良いんじゃないかって思っただけで……。

血生臭さや打算とは無関係なのである。

ただただ深く考えていなかった、ってだけでもあるのだけれども……。

――まったく、このメイドを見習って欲しい。爪の垢でも煎じて飲めばいいというものだ。もしもそんな機会があれば、ご相伴にあずかるのもやぶさかではないけれど……。

兎《と》に角《かく》、そのおかげで、シャーロットもマイアと友達になれたとは言えよう。何故なら、シャーロットのところへ新刊を届けている商人が町の本屋にも卸《おろ》して、売り上げが良いって歓《よろこ》んでいたのだったから。

本が売れる田舎町なんてここくらいのもんじゃないのか？　ちなみに、うちの領は農作物や畜産物の評判も良く、そのおかげで平民の農婦でも絵物語を買えるくらいには潤っているのである。しかし、よく考えれば、シャーロットの好みがこの町の領民には丸わかりってことで……、言うなれば、自分の好みの同人誌が、

『領主夫人ご愛読、ヴィヴィアーヌ先生の新刊！』

と、ポップ付きで並べられているようなものなのだ。俺だったらもうこの町にはいられない。よかった、この世界にエロスがなくて。もしもあったのならば、シャーロットポップの横にデズモンドポップが置かれて眼も当てられないことになっていた。

……………。

――ま、まあ、共通の趣味のおかげでシャーロットは友達ができたんだから、良いよね……？

だが友達が出来るとしても俺のおすすめを置いてもらいたくはない。

と、自分の知らないところで好みが曝されてしまっていたシャーロットちゃん二十九歳は、やはり平民で農婦のマイアと盛り上がりに盛り上がっている。

――俺、つまんない……。

イチゴを摘まめば美味しいが、領主の威厳を保つ必要がなければきっと、

しょぼーん、

って、顔をしていたとは思うのである。前世のフェイスなら、誰もが眼を逸らしただろうが、今世のイケメン貴族フェイスなら、世の女性たちは放っておけずに慰めてくれるに違いないのである。まあ俺にそんな顔は出来なかったけどな……。

「はぁ、オスカルさまカッコイイなぁ。私も、『きっと――俺は、そのためにここに生まれてきたんだと思う。君を、愛するために』って言われてみたいですね」

法《ホウ》、

と、マイアがしみじみとした様子で息を吐いた。大柄でも、農婦でも、見目麗しい女性の多いこの世界、マイアの憂いを含んだ吐息は艶めかしく、その厚めの唇には視線を吸い寄せられそうになるものである。だが、暗殺者メイドの、ほぼほぼ無表情の細い瞳の前ではグッと堪えるしかなかったし、それ以前に、

「――――」

「……あれ、どうかしました？　シャーロットさま」

と、マイアは不自然に停止したシャーロットに声を掛けた。日焼けした農婦が見詰める前で、シャーロットはチラリと俺を見て、ちょっと視線を落としたかと思うと、また俺を見て、

カァアアア……

と頬を赤らめるではないか。

ウン、止めてくださいごめんなさいお願いします。

そう言えば言ったんだよなー、あの台詞。シャーロットとのエッチ中に。だけどここでそんな反応をされたら俺だって恥ずかしくなってしまうし、何よりも、

「あ」

と、マイアは気がついてしまったようだった。頬を赤らめながら俺にチラチラと視線を向けてくるシャーロットと俺を見比べて、

ニマリ、

と、決して平民が領主に浮かべてはならないような、生温かい視線を向けてきた。

『ふぅーん、へぇー、ほぉーん、あらあらまあ、デズモンドさま、やりますね』

くぅうっ、その目をやめるんだ！　不敬であるぞ！

そんな羞恥の巻き込み事故を起こされた俺を他所に、マイアはシャーロットに微笑むのだ。

「良かったですね、シャーロットさま」

「…………………はい」

蚊の鳴くような、消え入りそうな小さな小さな声。

顔を耳まで、イチゴのように甘酸っぱく染め上げて俯く最愛の我が妻を見て、

「可愛い……」

「ふぇッ!?」

ポツリとマイアが本心を漏らしてしまう。シャーロットはそれを耳にし、相変わらずの可愛らしい声で顔を上げた。美人な上に、可愛らしい成分マシマシ盛り盛りで赤らんだ顔も、恋色に潤んでしまったエメラルドの瞳も丸見えだ。

「――――！」マイアが固まっていた。

――ウンウン、わかるぞ、その気持ち。

我が妻の可愛らしさにはビックリしてしまうよな。しかも俺は、以前の、養豚場の豚を見るような眼や、死んだ魚のような眼も知っているだけに、この可愛さはひとしおなのである。――が、

「あっ！　す、すいません、私、シャーロットさまに失礼なことを……」

ハッと気がついたようにマイアは慌てた。

おいおい、それくらいで謝るならもっと先に謝る相手がいるのではないのかね、チミィ。その可愛い奥さまの旦那さまとか、旦那さまとかぁ！

さっきの生温かい眸は十分に不敬案件だとは思うが如何に？

「ご安心ください、マイアさん」とデキるメイドがフォローに入った。「マイアさんはただただ感想を述べられただけ。それにシャーロットさまが可愛らしいのは自明の理。可愛らしいものに対して可愛らしいと言うことの何が不敬になりましょうか。──そうですね、デズモンドさま」

「あ、ああ」

──うわっ、こっちに来た。

俺のことはフォローしないクセに。だがこのメイドの振りを全力で返すことにはやぶさかではないのである。

「そうだ、シャーロットは可愛らしい。可愛らしいシャーロットに可愛らしいと言うことに何が悪いことがあろうか。何もない。むしろ可愛いと言わないことの方が罪だろう」

領主らしく、淡々と、威厳を以て述べてやったのだ。

「うわぁ……」

とマイアのとび色の眼が生温かくなった。

——何だよその反応はッ！　不敬であるぞッ！
しかし、俺の横にいるシャーロットは、
カァアアア、
ぷしゅぅううう……
などの擬声語《オノマトペ》が聴こえてきそうなほどに、茹で上がった顔になっていた。
——ウン、可愛い可愛い。
だから思わず机の下で、そのムチムチの太腿を撫で回してあげたくなってもおかしくは、ないヨネ？

5

くくく、奥さん、スカートの上からでも、その肌のすべすべ加減と肉の柔らかさがわかるじゃないか。

なでなでさわさわ。

マイアたちからは死角になっているテーブルの下で、シャーロットの足を撫で回す。

「ふぅ、う……」シャーロットの、赤みの成分が変わりだした。

「どうかされましたか、シャーロットさま」

マイアが真剣にシャーロットを心配していた。

——俺、セクハラしたくなるやつの気持ちが、滅茶苦茶わかってしまった。

「いいえ、なんでもありませんわ。……んぅ」

こんなの、燃えないワケがない。

さわさわと撫で回しながら太腿の内側へとソッとスウィープさせていってやる。シャーロットはモジモジと太腿を擦り合わせて、際どいところへ向かおうとする俺の指を防ぎだす。

だがな、シャーロット、ぶっちゃけ俺は本丸へと攻め込んでやるつもりはないのだよ。

モジモジと腰を揺する彼女の太腿の谷間、キュッと閉じられむにゅっとカタチの変わっているお肉をなぞれば、向こうの太腿へと越境してやった。

「大丈夫ですか、シャーロットさま」とマイア。

「だ、大丈夫ですわ……。……ン……」

朗らかな笑みを浮かべようとしながらも、スカート越しに太腿を撫で回すいやらしい手に耐えて艶っぽく顔を赤らめる愛しの我が妻。こんな態度を取られれば、おじさんの劣情は燃え滾ってしまうワケなのだ。

それにシャーロットも、

『駄目、こんなところでは駄目ですわ、ですが……、こ、昂奮してしまっておりますの、わたくしはデズモンドさまに、もっと、もっと淫乱にされてしまいたくって、悦んでしまっておりますのぉ……』

そんな風に思っているのが、俺には、何故か手に取るように分かってしまうのである。

『嗚呼《ああ》、デズモンドさまぁ……、どうして大事な場所を触ってはくれませんのぉ……？　そんなに焦らされてはわたくし……んぅう……、も、もう……お汁《つゆ》が垂れてきて……』

――そのお汁を是非この紅茶に入れたいッ！

「どうかしましたか？　デズモンドさま、鼻の穴が少し膨らんでいますが」

「いいや、なんでもない」

やべぇ、マイアに指摘されてしまった。領主の威厳、領主の威厳……。

だがキャスリンよ、教えてくれても……いや？　この場合、俺は彼女の敵だから注意するわけがない？　奥さまを気持ち良くして差し上げているからひとまず許すけど？

そんな気がしなくもなくなくもない。

「本当にシャーロットさま、大丈夫ですか？」マイアが心配そうな顔をした。

ふーむ、そろそろ止め時かな？

残念ながらチキンでセクハラ初心者の俺では、ぶっちゃけこれくらいで満足ではあったのだ。

朝にも昼前にも散々ヤったしな。

はぁ……、ムチムチシャーロット太腿、幸せぇ……。なーでなーで、さーわさーわ。

「あ……」

と、太腿から手を離せば、シャーロットは残念そうな声を出した。

マジで……？　この娘、もっとして欲しいの？　それは、やぶさかではないのだけれど、

「どうした？」俺は白々しい声で訊いてやった。

「もう、デズモンドさま、おわかりになられてるくせに、酷いですわ」

ふふふ、これがセクハラをされた女子の顔かね？　発情しておねだりする淫乱娘じゃないか。

しかし、流石にもうこれ以上はする気は……と、手を引きかけたところで、
スルリ、
と、シャーロットの嫋やかな指が俺の股間へと滑り込んできた。

――ふぉうッ!?

彼女は微かに口元を歪ませ、濡れた翠眼《エメラルド》で俺を見た。

ヤベェッ！　滅茶苦茶背中がぞわりとしたぞぉッ!?

その眸《め》には、多分に嗜虐的な色が含まれていた。

『デズモンドさまはわたくしに悪戯をして、こんなにもおち×ぽを硬くしていらしたのですわね？　本当に、槍みたいに硬くなっておられますわよ？』

すりすり
――ふぐぅッ、うッ！　うぅううッ！

『お返しですわ。わたくしに悪戯したことと、触ってくださらなかった、お・か・え・し♥』

──うぅうう……、
シャーロットめ、こいつ、俺の弱いところをちゃんと覚えてやがるっ。だって今朝、俺のおち×ちんをシコシコにゅぽにゅぷしながら、乳首をペロペロして滅茶苦茶上目で俺を観察してきていたのだったから。
ズボンの膨らみを、彼女は、まるでハープでも爪弾くかのようにして、
するり、するり
と撫で回しはじめた。
思わず、ビクンッ！　と、腰が跳ねそうになるほどの鋭い快美感ではあったのだが、マイアの手前、この快楽に身を委ねるワケにはいかないのである。
「どうされましたの？　デズモンドさま」
シャーロットの口元は淫靡に歪んで、嗜虐的でエロティックな視線で俺を見詰めてきていた。
チロリ、とピンクの舌で軽く唇を舐めれば、ズボンの下のお肉の塊が、思わずビクッ、ビクッと跳ねてしまうのだ。
──こ、このぉ……、負けるかぁ……。
「……ふっ」
シャーロットが鋭い息を吐いた。何故なら、背後に回った俺の指が、
むんず

と、奥さまの豊満なお尻を、スカート越しにお鷲掴み申し上げたからであった。
むちむち、むぎゅむぎゅ
安産型で、適度なハリと脂肪を蓄えた極上のお尻。こねくり回すようにすれば、今度は軽くでも、奥さまの腰が揺すれだす。だが俺が揉めば揉むほど、すりすりと股間をまさぐる彼女の指も止まないのである！
くぅうッ！
そ、そんにゃ風に摘まれにゃら……、しかも、挟んでシコシコってぇ……。
——ふ、ふぐぅうう……っ、
俺は愛する妻に、テーブルの下で固くなったおにんにんを押し揉み、撫でられ、擦られた。そのお返しに、彼女のお尻の割れ目に指を忍ばせてやるのである。
——濡れてる……。
イケナイ娘《こ》だなぁ、シャーロットぉお……。
領主の威厳を保つため、極力顔が変化しないように気をつけてはいるのだが、内心では下劣な笑み、浮かべまくりなのである。だが、シャーロットの責めも巧みになっていた。俺なんて、元から女性の弱い場所をいやらしく触っているだけだというのに、この娘ったら、
くんっくんっ、
と、その律動がマイアにばれないような巧みさで、俺の肉槍をぐりぐりと掌で押し込み押し揉

むではないか。

なんて上達具合ッ！　シャーロット、怖ろしい娘ッ！

彼女の手の平に押されてズボンの下は大洪水で、彼女だってスカートが濡れるほどの大洪水。

領主夫婦そろって、領民の家で迷惑はなはだしいものの、これは負けられない戦いなのである。

「んひィッ！」

シャーロットがビクンっと跳ねた。

「だ、大丈夫ですか、シャーロットさま、先ほどよりも顔が赤くなって……」

「し、心配ありませんわ、マイア……。そ、その……、思い出してしまって……」

シャーロットのその言葉で、先ほどから、目くばせするように、そして何かしらの想いを伝えあうようにして見つめ合う俺たちに、マイアは気がつくものがあったらしかった。

「あら、ご馳走さまです」

マイアは、シャーロットと俺が、二人の世界に這入り込みかけているのだと解釈したらしいのだ。そうして、生温かい眼が俺の方にも寄せられたとき、

「うぐぅッ！」シャーロットの指が玉の方にもかかってきたではないか。

「…………」

「…………」

――ウン、追及されなかったのは善いが、何も案じてもらえないのも案じてもらえないで悲し

いぞ、マイアよ。しかし、ヤバい……、このままじゃあ、こんなところで射精させられてしまいそうだ……。だが、ここで引くのはなんとはなしに嫌だ！

「……ふっ……」

シャーロットから抑えきれない甘い息が洩れた。

俺の指はもぞもぞと彼女のお尻の下へと這入り込み、ついには本丸の辺りでうねりだしたのであった。手の平を潰すシャーロットの尻の重みと柔らかさがたまらず、――しかも、本丸は火傷をしてしまいそうなほどに熱く燃え上がっていた。押せばじゅぶじゅぷとした感触が返って、そこはかとない牝の薫りまで感じるようにも思われた。

それを言うなら雄の薫りもだったが、エロスのないこの世界、流石に薫ったとしても、それの匂いだとはわからないハズ。だよね？　それにシャーロットの反応も、勘のいい方であれば気がつくはずだが、マイアには気がつく様子は微塵《みじん》も見当たらなく……、

――キャスリンと目が合いました。

「……………」

善《よ》し！　俺の射精ゲージは踏みとどまってくれた。

涼やかな美貌のほぼほぼ無表情な細い眼の一流メイド。相変わらず何を考えているのかわから

ない表情《かお》だったが、その眸《ひとみ》に鋭い光が宿りはじめているのは、俺の気のせいでもないとは思うのである。奥さまを見習ってもっと感じやすくなって欲しいものではあったが——、

　はやく、はやく止めないと。

　そのためには——、

「ひぃうっ、ふぅう……ッ！」

　シャーロットの肢体が強張った。

　俺は中指を鉤状にして曲げていた。彼女の本陣へと、騎馬武者の如くに攻め入った。

　じゅぶぅ、ぐぢゅぅう……、

　あまりにも火照《ほて》って濡れそぼったシャーロットの秘壺は、スカート越しでも、もはや触っているだけで射精できそうなほどに淫らだった。しかも、他でもない彼女から股間をまさぐられていれば、俺だって我慢ゲージはもはや残り少ないのである。動きの精妙さは欠けても、むしろその温度は燃え上がっていた。も、もう駄目だ。射精《デ》、射精《デ》ちゃうぅ……。

　俺は負けじと、強襲を仕掛けた本陣の隙間を擦り上げ、布ごとその防御を、

　ヌヂュウッ！

「ふぐぅッ！　ンッ、んぅうううッ！」

　シャーロットは思わずといった体《てい》で、手の甲で口を押さえてピクピクと痙攣した。

　やった、やったぞ！

　俺はえも言われぬ達成感に囚われた。その所為で、俺もびゅっびゅと射精してしまっていたの

だが……、

ぷしゅっ、ぷしゅっ、

と、布ごと指を突き入れた蜜壺から、彼女の歓喜が噴き出しているのを感じたのであった。

《デズモンドは【清浄《クリーン》】で後始末を行った》

――ハイ、魔法が使えるのって、とてもとても便利ですな。

まさか、お互い最後までヤりきってしまうとは、思ってもいなかったのであった。

「本当に、仲が良いんですね」

と、マイアの生温かい眼にもはや慣れてしまったかも知れない。まさかバレてはいないと思うが、彼女が考えているよりももっとすごいことをヤってしまったのだったから。しかし、今の彼女は、生温かい眼というよりは、温かな苦笑だった。

「はぁ、はぁ……」

と、シャーロットは赤らんだ貌《かお》で悩ましい息を吐いていた。俺の肩に縋りつくようにしてもたれ、触れた豊満なおっぱい、上下する肩が官能をふりまく。

「ンっ……」

と、時折ぶるりと余韻に震えられれば、俺の股間には再びエネルギーが再充填《リ・チャージ》されてしまうのである。沢《ま》してや軽く汗ばんだシャーロットの甘い薫りが、コテンと肩に乗せられたプラチナブ

ロンドの髪から届けば尚更《なおさら》だ。しかし一方で、

『デズモンドさま、もうこれ以上はおやりにはなられませんよね？』

と言わんばかりに、メイドが細い眸《ひとみ》を向けてくる。何が怖ろしいかって、変わらないほぼほぼ無表情のその顔は、本当にそう思っているのかどうかが分からないという点なのだ！　だからこれは、そう思われていると思う俺の罪悪感の為せる業《わざ》なんだろう。

——まあ、流石にもうこの場ではヤらないけどな。たぶん！

俺は妻の肩にソッと手を回して、労わるように撫でてやった。あえかな声を零し、彼女はすり寄るようにしてくれる。本当ならばチュッチュもしたくはなったところだったが、そこから再び火が点くのを恐れた俺は、あえて自重する！

それでも、ただただ労わって肩を抱くのはセーフなのである。

そんな俺たちに、

「はぁ」

と、マイアはため息を吐いた。そして若干遠い目をする。

「うちの旦那もそんな風だったらよかったんですけどね。すぐに結婚したのが悪かったのかしら。シャーロットさまみたいに、なかなか振り向かずに、ずっとデズモンドさまに追いかけさせるようにしていれば、もうちょっと……、いや、そうしてもなさそうだ……」

「マイアの旦那さまは、大事にしてくれてはいませんの？」

先ほどの余韻が残りながらも、そして俺に寄りかかりながらも尋ねたシャーロットに、マイアは肩を竦めて首を振る。

「確かに、身重のときは労わってはくれましたが、それ以外は全然。農婦なんて、女といっても、対等な労働力ですから。貴族さまのようには――」

「いいえ、違いますわよ」

シャーロットの声は力強かった。俺にもたれかかったままだったけど。

「貴族の女なんて、子供を産むだけの道具ですわ。そして労働しない分、子供が産めなければ……」

俺は、咄嗟にシャーロットの肩を強く抱いていた。俺のその反応に、マイアはシャーロットが子供を産めない体であったことに気が付いたらしい。とび色の瞳が泳いだ。しかし、シャーロットのトラウマを刺激したかと心配してのことだったが、シャーロットはすぐに柔らかく微笑んでいた。

「大丈夫ですわ。今は、デズモンドさまがおりますから」

マイアは、ホッとしたように肩を落としていた。

が、嬉しげな我が妻の様子は良いのだが、また生温かくなってきたマイアの眸には閉口してしまう。

「そうですね、デズモンドさまはずっとシャーロットさまを追いかけていたようですから。この領地に植えられる果物や野菜は、シャーロットさまに良いだろうか、って、ポロッと口に出してたのを聞いていてますから」

――ふぉわッ⁉　過去が突然現在に向かって射ってきたッ⁉

「そうなのですか、デズモンドさま？」と、シャーロットの声には感激の響きがあった。「どうしてこちらを向いてくださらないのですか？　…………――ふふ、嬉しいですわ」

照れすぎて、すりすりとしてこられる二十九歳児さまの方を向くことが出来ず、俺はあらぬ方向を向いて、

――キャスリンと目が合った。

こっち見んじゃねぇ！

嗚呼、相手してもらえるのはいいが、やはり「乙女の園」、どうして俺はここに存在《い》するのだろうか？

しかし、――この空気、悪くはない。

そして、

「わたくし、デズモンドさまに出逢えて良かったですわ」

シャーロットがしみじみと言うのである。

「デズモンドさまはこのようなわたくしでも良いと、わたくしを一人占めしたいと言ってくれたのです」

ウットリと、夢見る少女のように。

自分のお腹に手を当てながら。

止めて止めて！　デズモンドのお腹が砂糖でいっぱいになっちゃうのぉ、らめぇぇえっ！

だがこの妻、俺のその様子を知ってか知らずか――いいや、知っていたに違いない。その上で更に砂糖を吐かせようとしてくるのである。

「デズモンドさま、これからはわたくしも領内の視察を行いますわ。これから一緒、ですわよ？」

「ああ、ありがとう、シャーロット。私もとても嬉しい……」

彼女の濡れて熱い宝石のようなエメラルドの瞳に見詰められ、俺はごくりと喉を鳴らしつつ、その想いに応えないわけにはいかないのである。

「あ……」

可憐な妻の唇から花びらのような声が零れ落ちた。

俺は、彼女の華奢な指――さっきまで俺のち×ぽを弄っていた指、と言うと台無しなのだけど、そうとでも言って茶化さないと、俺の砂糖値が耐えられない――を手に取ると、指を絡めながら言うのである。

「そうだ、これからは一緒だ。こうして領内の視察をすることも、朝も昼も夜だって」

「よ、夜……」

おやおやぁ？　何を考えちゃったのかなぁ？　エッチなシャーロットちゃんはぁ。と、つい溶け落ちそうな笑みを零しかけ、寸前で踏み止まる。

「ふぅ」と気を取り直して。

「だから、これから私たちの生活を」性活を！「この領で作っていこうではないか。領民の前でこのようなことを言うのはなんだが、私がこの領地を守っているのは、君との生活の基盤が欲しかったからだ」

「私たちが良い生活を送れるのはシャーロット様のお零れというワケですか。ふふっ、久しぶりにデズモンドさまの貴族らしいところが見られた気がしますね」

――あれぇ？　むしろそういう評価？　……ま、まあ、この世界の貴族はそういうところがあるけれど……。ツッコみどころが多い気がするけれど、シャーロットもほっこりとした感じで見ているから善しとするのである。

――して良いのか？

まあ気を取り直して（気を取り直してばっかりだ）、

「だから、私の望みは君だけだ、シャーロット。貴族としては失格だとは思うが、私に野心などはない。国や領地よりも君なのだ」

「デズモンドさま……」

と、蕩けきった眸を向けられると、今すぐベッドに連れ込んでしまいたい。が、流石にここで貴族を笠に着てベッドを貸せと頼むのは……ウム、自重すべきである。

そうして二人して見詰め合っていれば、あろうことかシャーロットは、

「ン……」

えっ!? どうして目を閉じて唇を突き出した!? 完全にキス待ち貌です、ありがとうございます! だけど俺、キス貌なんて教えた覚えないんだけどなぁ……、これが魔性、これが淫乱妻《シャーロット》……っ!

んで、正直なことを言えばこのままキスしてしまいたいのだけれど、ここまで見せつけてきたマイアに、キスまで見せていいものか?

――いや、
キス待ち貌の妻を放って置くワケにはいかないのである。エロチート持ち（自称）の転生者としては!

俺は、マイアとキャスリンが見ているその前で、我が最愛の妻の肩に手を置くと、ゆっくり――、

「……ン、くちゅう……」

ちょちょちょーっとシャーロット!? 普通に舌を挿し込んでこないでくれません!? いや、シャーロットならいつだって大歓迎なのだけど、TPO、TPO! 迷子のTPOはおられませんか!?

「え、何して……うわ、もしかして舌を絡めてるのかい……？」

「お気になさらないであげてください。これはお二人の儀式なのです」

「そうか、お貴族様の儀式なのかい……」納得。

すげぇ辻褄合わせを見たッ！——妻だけに？

「ンっ、くちゅッ、ちゅぷっ、れろぉ……っ」

ちょちょちょちょーい、シャーロットちゃんっ、長い、長いよ！　しかもねっとりだよ!?　さっきお互いにスッキリしたばっかなのにこれじゃあ……くぅうっ、シャーロットの舌は気持ち良いし唾は美味しいし……、俺は、思わずその豊満なおっぱいに伸びそうになる手を、頭の中で『自重！　自重！』と叫びながら叩いていたのである。

「ぷはぁっ。……ふふ、美味しかったですの、デズモンドさま。紅茶と苺の味がしましたの」

「お粗末さまでした……」

もはやそうとしか言えまい。

ご領主様はすでに妻のご飯なのである。或いはおやつ？　ご領主様《バナナ》はおやつに入ります！

ただ、まあ、
嬉しそうに、それでも少し恥ずかしそうにはにかむ可愛らしい最愛の妻に、俺は俺の心持ちを再確認するのである。

——そうだよな、俺は、シャーロットがいれば良い。

「あ、デズモンドさま……」

「ほぉお……」とマイアが。

「ふぅ……」おいそこのメイド、『やれやれだぜ』みたいな仕草をしてんじゃねぇよ！

二人が見ている前で俺はシャーロットをそっと抱き締めた。彼女は少しだけ恥ずかしそうにしても、すぐに俺の背に手を廻して抱き締め返してくれた。

彼女の温もりと柔らかさを感じて、俺は、俺たちは、この領での生活を続けてゆくのだと、そう決意を新たにしたのである。

あとがき

Ｗｅｂ版からの方もはじめましての方も、本書を手に取っていただき誠にありがとうございます！　読者の皆様方、素敵なイラストを描いてくださったシロクマA先生、私の面倒臭いこだわりにもお付き合いいただきました担当様、関わってくださった皆々様に篤く御礼申し上げます。

この作品は無知シチュを書こうと思った作者が、様々なエッセンスを詰め込んで魔錬成されて出来上がりました。ただ、好きなエッセンスをブチ込み、スタートは色々ねりねりしておりましたが、後はノリと情熱に任せて突っ走ったというか、もうデズ様にお任せして眺めておりました。正直、書きながら私も一読者でした。

そんな本作品ですが、1巻はまだ序の口でしかありません。今後、キャラクターも増え、世界観も広がっていきます。本書を愉しみつつ、今後の広がりにも思いを馳せていただければ幸いです。

続巻でまたご挨拶できることを切に願いつつ、今後とも、どうぞよろしくお願いいたします。

二〇二四年十二月　ルピナス・ルーナーガイスト

●本作は小説投稿サイト「ノクターンノベルズ」（https://noc.syosetu.com）に
掲載されている『転生領主の迷惑性技　～領主さま、私、あなたじゃないと駄目なのッ～』
を修正・編集・改題したものです。

Variant Novels
転生領主の迷惑性技
～エロスの概念がない世界で現代の知識を使ってみたら～

2025年2月27日初版第一刷発行

著者……… ルピナス・ルーナーガイスト
イラスト………………………… シロクマA
キャラクターデザイン原案…… えんどう
装丁………………… 5gas Design Studio

発行所………………………………株式会社竹書房
〒102-0075　東京都千代田区三番町8－1
三番町東急ビル6F
email:info@takeshobo.co.jp
竹書房ホームページ　https://www.takeshobo.co.jp
印刷所………………………………共同印刷株式会社